U1006996

素念生香

李英◎著

云南出版集团
雲南人民出版社

图书在版编目（CIP）数据

素念生香 / 李英著. -- 昆明 : 云南人民出版社,
2022.3
ISBN 978-7-222-20931-2

Ⅰ. ①素… Ⅱ. ①李… Ⅲ. ①散文集 - 中国 - 当代
Ⅳ. ①I267

中国版本图书馆CIP数据核字(2022)第029481号

责任编辑：范晓芬　何　娜
装帧设计：feiniao 云南非鸟文化传播有限公司
责任校对：朱　颖
责任印制：窦雪松

素念生香
李　英　著

出　版　云南出版集团　云南人民出版社
发　行　云南人民出版社
社　址　昆明市环城西路609号
邮　编　650034
网　址　www.ynpph.com.cn
E-mail　ynrms@sina.com
开　本　889mm×1194mm　1/32
印　张　10.125
字　数　240千
版　次　2022年3月第1版第1次印刷
印　刷　昆明精妙印务有限公司
书　号　ISBN 978-7-222-20931-2
定　价　58.00元

云南人民出版社微信公众号

如需购买图书、反馈意见，请与我社联系
总编室：0871-64109126　发行部：0871-64108507　审校部：0871-64164626　印制部：0871-64191534

版权所有　侵权必究　印装差错　负责调换

轻扣流年梦，春温上笔端

军事科学院原院长　王祖训

2021 年这个夏天，在阳光灿烂但并不炎热的昆明，我的忘年交朋友李英送来厚厚的一摞书稿，说是她的作品，请我“斧正”。

趁着回老家探亲休闲的时光，我慢慢翻阅着。

我历来喜欢读一些文学作品。当年行军打仗之余，也读过一部分国内外经典名著和朋友们签名送给我的一些著作，但多属于军事题材。

这次，李英送给我的书稿是散文和散文诗，足有 500 多篇，我看的只是其中一部分。

对于一个戎马一生、听惯了军营号声和边关鼓角的老兵来说，解甲退休之后，虽然没有陶渊明老先生“采菊东篱下，悠然见南山”的那种农耕条件，却有“品茶读书听雨落”的心境，在闲情逸致的时光中阅读一些自己喜欢的文学作品，以求得到一种心情的静谧及宁和，却是一种散漫的消遣、一种修身养性的享受。同样经历过铁马金戈的先贤诸葛亮早就言之凿凿，“非淡泊无以明志，非宁静无以致远”，吾当趋之习之矣。

记得有人曾经说过：“找好书看，就是找一个制高点。”我很赞赏“制高点”这个军事术语。当过兵的人都知道，作战必须占领战斗区域内最高的地方，才能居高临下，便于观察，便于发挥火力优势。当然，这儿所说的“制高点”，是知识上的高地，思想上的高峰。一本好书，就是通往这样高地高峰的捷径。我读过的那些世界名著和朋友们签名送我的那些佳作，无不使我受益匪浅，产生更高的认知。

不知为什么，年纪大了之后，我还喜欢读年轻人的书。虽然我无法参与他们的梦想，参与他们的情怀，但可以通过阅读了解他们，分享他们的心境，共赏他们的文笔。李英给我的这本《素念生香》，是一本散文集，作品以诗一般的语言，抒发一种隽永清新的情调。岁月在她的笔下，如一首无言的歌，在尘世的风景里飘逸流转。在远离喧嚣的安静中，她把灵魂深处一些无法言说的心事，铺开到文字的世界里，记录下生活中的喜怒哀乐，记录下缱绻绵长的柔情和那抹触动心底曼妙的感动。文章用舒舒缓缓的抒情方式，犹如一位画家在轻音乐的伴奏下，缓慢地打开他的画卷，让人期待着急于观赏全图。

打开文卷，岁月无声，时光静美，展现的是作者在笔墨与心灵的交融中走过的人生四季，以及在情感海洋中的波涌浪卷和淡定从容，篇章词句中透出一种审美中的冷艳、深远中的沉思。实际上，这是以女性特有的敏感在解读自己的内心，在触碰自己那根似乎很久都没发音的琴弦。换一句话说，也是作者自己和自己交谈，和山水交谈，和读者交谈。

很早以前，我读过朱自清、杨朔、秦牧、李广田等散文大家的作品，那无疑都是笔触雄浑、纵横驰骋的大手笔，不少作品还是我们当年写作文的范本。李英的文章自然不能与他们相提并论，都是一些小题材小文章，或许，只是属于前些年出现的所谓“小女子散文”的范畴。但是，《素念生香》扑面而来的却是一种词清句秀、别致迥然的新鲜感，那含蓄优美的语言表达，会让人静下心来，远离喧嚣、远离浮躁，无形中增添一些宽容，一缕诚挚、一腔坦荡。缕缕情怀落墨在一个个字符里，灵动成夏天的风，轻轻地吹过城市的黄昏，温婉而又浸润着丝丝花香。这些清雅之作和军人的厮杀、炮火的呼啸相比，宛如战地夜晚流萤的闪烁，让你在一场大战之后特有的宁静中去思索一些什么，发现一些什么。

作者是一个才女，山东姑娘。她爱好广泛，见多识广，博采众长，但她处世处事却十分严谨，甚至带着几分羞涩。不知为什么，三年前，她离开了故乡，来到云南的丽江，兢兢业业从事健康养生工作。租了一个宽敞的四合院，小院里种满了各种奇花异卉，风吹叶舞，满院鸟语花香，把原本破旧的小院打造成一个世外桃源。她耗尽了心力体力，终至如愿以偿。然劳顿之余，她在花下写文，在亭间漫步，日子里有花香可收藏，有书香可宁神。那一刻，可能是她生活中最愉快的一件事情，是对自我价值的评判，是一种收获的欣喜。她所思所写的内容没有预设的主题，没有规范的限定，也不为名利而写，只是一种自由自在的触景生情，有感而发，精骛八极，心游万仞，为读者带来一种纯美之情。一篇篇心灵的诉说，刷新着她的生活，伴她走过阴晴圆缺。即使完全不了解她的人生经历，从作品中也可以读出她曾经面对的境遇和内心承受的重量，我揣摩，她是从自己的文章中获得一种救赎和生活的力量。应该说，她的写作就是她精神的支撑。她文笔中的忧悒让人想到西风卷帘中的李清照，但和李清照不同的是，她有一种坚强的毅力和志向，丽江养生事业的成功便是证明。

这个山东姑娘七分聪慧三分率真，豁达善良。我喜欢读她的作品，喜欢她沐一路烟火，寻找生活的暖意，从容入世，旷达人生。她是以心作笔，优雅的笔触渲染着对生活的热爱。纵观她的作品，我认为有以下几个特点：

一、抒情写意，画面感强

二、文思敏捷，下笔成章

三、惜字如金，言简意赅

四、文笔清新，感情细腻

我不是文学评论家，只是一个普通读者，恕不一一举例具体内容印证我以上的观点，关于对文章的评论、评价，见仁见智，有待读者自己去领悟，或者作出不同的认知和结论。但有一点应该是共通的，她的文章不是标签不是口水话，她是用心和真挚的情感在写作，折射出的是心智的呈现、才气的显露。

李英纯情感性的文章清丽淡雅，又有自己的叙述风格和美学语境，在网络上深受读者尤其是年轻读者喜爱。但是，如果一直固守在自己小我情感的抒发中，难免形成一个题材设置上的局限。天地是广阔的，生活是多彩的，因此，建议李英不妨在这类题材写到一定的时候走出自我，更多地关注社会，拓开视野，使自己的作品更具张力和活力。

祝李英有更多更好的作品问世！

目　录

CONTENTS

纸短情长

一缕斜阳划过树梢，透过窗棂落在我的发上。那些熟悉的歌曲，跳动的旋律，璀璨了昨天的记忆。有时真的不知道自己到底是在听歌，还是听你在讲熟悉的过往。我就这样安静地行走在博客里整理凌乱的文字，被感动着，又被牵起忧伤。那些朝朝暮暮，凝字为爱，在淡淡的惆怅里写下一笔独守的暖。

——题记

光阴的梦很轻，轻得像一缕海风带走了流年里的你。经年的心渐静，静得像一袭春月涌出了云里的柔情。有些事经历了才懂得；有些相遇，是续前世的缘；有些离开从没有归期。海风又吹起了我的长发，肆无忌惮地凌乱了惆怅的思绪。

这一季，清浅、安静。这一季，微笑里带着泪光。这一季，落花伴着忧伤。这一季，一杯文字摇曳倾城，天涯回眸，独自成了谁的殇？就让记忆，深刻纸笺上的墨迹，闭上眼帘，一路踩着细碎的感伤，陪我翻阅流年的篇章。就让文字在指尖开花，让遇见，寂静欢喜。愿经年后，翻开暗香清浅的花笺，一笔笔流丽清雅的水墨直沁人心，在光阴已泛黄的扉页上，你给的温暖依然。

好久不见，念想如蓝。如果遇到你是前世未了的心愿，那么，今生怎样的聚首才能不枉此生、不留遗憾？海风吹起，不经意惹了双眸，潮湿的空气就浸湿了记忆。把心底百转千回的念，凝结成丝丝心香，尘封在岁月的素笺上。

掬一捧流年望穿你我，雕一朵时光的花，穿过亘古的落寞，任凭光阴流水洗涤，等你在每个日出日落。海角，隔不了的牵念，天涯，断不了的深情，在岁月那一抹静放的安然里，你始终是我眼眸中最软的眷恋。

铺开，岁月的书笺，花开流年，沾染了一季馨香缱绻。这一季，诗行里定格了谁的缱绻情思？流年里消瘦了谁的思念？这一季，回忆中落满了谁的泪水？月华下又飘落谁的忧伤？

静静地站立在风起寒凉的海边，默默地看日出一点一点跃出海面，想用简静的心描绘出一片云水的静美，心情却沦陷在昨天的回忆里。那一抹淡淡的馨香与风共舞，诉说着与你的独家心语。就让心底的牵念缠绕在轻柔的指尖，拨动绝唱的琴弦。就让记忆的藤萝蜿蜒一蓬岁月，穿过季节的风，在经年的每一个角落，芬芳流年。轻浅陌上，许我轻拂墨染的时光，漫过想念，静听风吟若梦，半卷淡墨，漫吟成诗。轻吟半诵，将前世今生咏尽，解那未了的尘缘。

繁华尽处，寂静如初。那些花香满衣的浅念在一个回眸间，如一簇花絮，静雅凝芳，红尘便落在最美的诗行。低眉处，牵念悠长，时光里有暗香拂过的轻柔，温软了深深的眷恋，也惹了双眸满含泪光。亲爱的，你可看到，记忆在书笺里书写着情长，也引渡着惆怅。

红笺书锦字，云墨绘轻愁。谁为我添了一件梦的衣裳？我们曾在最深的红尘里相遇，时光又怎舍得抹去那些温馨的过往。缱绻的情思，难以刻下这一笔纸短情长。你可记得，后来的后来，是谁在谁的手心刻下了不离不弃？层叠了光阴摆下的盛宴，隐藏起心底的眷恋。我想，若我已是你胸口的朱砂，即使相隔天涯，思念也会郁郁而发。若我在你心里是最美的那朵花，经历风吹雨打，也不会轻易枯萎落下。

春天的思念，就这样漫过了长长的海岸线，映入温柔的眼眸。我轻轻扬起满目的尘埃，剪一段忧伤，静静放逐，欲言又止。我终于明白，那些错落在我季节里的温暖，早已写满情词阕阕。你说：踏遍千山万水，只为这一场遇见。我说：怕寻遍世间，再无人似你……

温润的呼吸，迷离着静默与惆怅。深深浅浅的海风，绕过我的身旁，带来了密密匝匝的心思。念一场暖心的过往，时光就惊艳了忧伤。它浅浅落下，刻成笔尖的情长。梦如蝉衣，情如菩提。忽然很想知道，如果有一天你将我们的岁月山河入画，又会怎样云淡风轻地落笔？写尘缘一场。

遥望远方，我用一颗初心雕刻每一个呼吸里的想念。一丝委婉的叹息，一首优雅的唐诗，就这样触动了我的心弦，浸湿了眼眸。浅笔静开，落寞的惆怅就这样青涩、婉约而又翩然了相遇的时光。

四月，空气中依然夹杂着凉意。海风吹起，想起你的话语，那些惆怅的思绪，在若有若无的章节里无法落笔。一些心事，划过眸光水岸，摇落了一地相思。就让那些带着忧伤的微笑，沾着海水的笔墨，盛开在我的字里行间。时光的对岸，我沿着记忆的馨香，落笔，写岁月花开花谢、白云过隙。

念起有你的那些时光

依着静谧的时光，坐在岁月的角落里，捻一缕清风素写流年。一场期许缠绵着忧伤，几多柔情也化成了斜风细雨里的尘埃。

打开岁月的门楣，一帘时光倾泻而出，在我写完的一首清韵里淡暖清香。依着沁满心扉的静好，只祈余生携一颗云水禅心，在一帧未打开的安静里静静地陪你。用一朵花开的明媚作为约定，在生命里刻下一份永恒。故事，总有一些深情与春花秋月无关，我想，这应该就是宿命的邀约。

当季节的风，吹散了流年聚散。陌上浅语，清寂的叹息，温润了一季又一季明媚的疏离。经年为祭，一阕清词，墨韵成殇，瘦了年华，淡了红颜。你可知道在思绪翻飞的旧书笺里，一支瘦笔，早已把你写进我最美的光阴。当月华温婉落满了诗韵的纸简，清风拂过一卷手中的诗行，指尖飞墨，文字的馥郁芬芳中，我仍执着地用深情将微凉温热成暖阳。若感情也变得深情而简约，笔下的文字会不会不再有淡淡的忧伤？

夜幕低垂，万家灯火。我在熟悉的街景里忍不住感伤。踏着时光的足迹，打开记忆的闸门，冬天里的温暖轻拥着春天微凉。那段最美好的时光，终究在一笺最美的春色里长成最美的诗行。烟火人生，也在流年故事的浸润下有了百味禅意。

若有一天，韶华老去。我便携一缕花香，守一份清宁素简，挽一袭岁月安暖，字里流年。对着岁月匆匆，删繁就简，剪一段岁月的华裳，书写成最初的模样。那年、那月、那时光，感念盈香。北京的夜，我在一段时光里怀念另一段时光的自己。那年、那月、那时光，清寂了一场飞愁若雾的相望。北京的夜，我在春天的风里感谢远在红尘天涯的你。如若生命可以重新演绎，我仍感激这份前世五百次回眸，换来今生最美的相遇。

端坐在季节的窗前，记忆是流动在脑海里的风景，在清寂的夜里穿透千年尘烟，让掌心的寂寞温柔地划过淡淡的忧伤。在追溯的记忆里，流年的风把故事摇曳成馨香百合，再将牵念蓄满酒杯，氤氲出袅袅的清香。任时光遣送繁华，心底溢满了淡淡的欢喜。光阴里，它留下花的芬芳，诗的墨香，念的温暖。

今夜，月华如水，端坐安然。翻一段经年的故事，轻轻拾起那些细碎的光阴。那一季，花开半夏，你温暖的笑容慌乱了我的年华。日子就这样开满了温良，长出诗句，生出欢喜。光阴深处，我用一朵花的柔情，邀约灵魂静伫；因为懂得，所以珍惜。

就让风月的缠绵，穿过一季寒凉，许我隔着一盏茶的距离伴你。这一眼不经意回眸的遇见，一定是生命中的邀约，它让懂得在红尘深处嫣然；在流年的纸上，写下我的名字、你的清欢。你说，前世欠我的，今生来偿还。那么就让我们对着温厚宽容的岁月，许下善良的心愿。许前生今世的眷恋，让枯瘦的光阴长出诗意，真诚相惜，写一笺岁月安然。

春天的风，凌乱了缱绻的情丝，吹落了斑驳的流年。红尘来去，诗意千回，陌舞流沙的年华里，无论平淡还是跌宕，都是无法重现的精彩。就让我许自己一个春暖花开，带着牵念，拥着温暖，把有你的时光装进我轻浅的诗行。一句懂得，温柔了多少孤单。一句我在，潮湿了多少诗句。那些点点滴滴的暖，最终在时光里皈依成念念不忘，温柔了过往，丰满了流年。

三月末端，想象着四月的温婉。为你写一首歌，在春天里写尽缠绵。聆听夜的低语，直至记忆的转角才发现写不出心中的缱绻。想为你填一首词，越过光阴的萧瑟，笔落宣纸，你微笑依然，就填满了心中的眷恋。春的眉梢，就让过往的故事，穿过指尖，散落在淡淡的流年。一盏灯下，白纸泼墨，我用温馨的词句写下人生最美的初见。

春风有信花满树，你是不是也听见了时光摇落着淡淡的暖，一场花开的盛宴里，我不经意念起有你的那些时光。春水煮墨，落花为笺，纸短情长。即便重逢遥遥无期，暮年之时，我们依然会在苟延残喘的回忆里湿了眼眶。

你若安好，岁月无恙

风中的又一个轮回，春的脚步轻而坚定。尘世无端，一念之间重叠已成风景。

岁月如握在手中的流沙，从指缝间一点点滑落。记忆就像挂在窗口上的风铃，在耳边轻轻回响。流年似水，回转的瞬间，落寞换成了宁静，也染尽了感伤，一卷旧时光里，静静地看飘落的往事绽放成一朵朵嫣然。指尖流泻的落寞，一不小心摇落了季节里的忧伤，隔着青窗素月，今夜，又轻轻叩开了心房。

依窗听雨，一份单纯的想念，揉进千思百转的情怀，润湿了一帘清梦。落花飞舞，你途经我依然寂静的琉璃轩，醉红一片情愫。就这样轻拥流年，笑望沧桑，守望一场前世错过的缘。就这样看素雅的清风依偎在烟雨的怀里，吟出一枕诗意，撕开沉寂的春色。

花香散落，穿过朦胧烟雨。那一份温柔里想掩饰起回眸的深挚，柔软的心不经意荡起了几许清愁。一杯清茶，一阕缠绵，沿着空灵的意向，翻开了季节柔软的扉页。落满孤单的记忆，划过灵魂深处，牵引着今生遗落的那份缠绵，把眼底的眷恋，揉碎在一份意念里，让心事沉淀，让琴音放飞。回眸中，尘封繁华和忧伤，再许你馥郁的词，风一般走进我的心房。

雨夜，一任心事唤起斑斓的忧伤。一盏灯下我静静地在文字里翻阅故事，红尘里翻阅感伤。昨天就这样在我笔下淡淡的墨香里，凝成一笔芳华。

你说，我的文字是从心中流淌出来的，是有温度的作品，每一篇你都喜欢。字里行间，可以窥探到一个踟蹰前行的飘逸女子，温婉，性情。

你说，我的文字像我的人一样，优美而忧郁。读到感伤，就忍不住想把文字捂暖。

于是我试着在婉约的诗韵里，用风情旖旎的文字唤醒一朵朵娇媚，为你执笔，把过往温婉成流年里最美的安暖。只是一不小心，念山水情牵，心事锁眉间，潮湿了心田。

春雨的纤指，将我平平仄仄的心情揉皱了。看一树繁花落红无数，念起最初的感动。生命里，真的会有那么一种情怀，挥之不去对另一颗心的深深的牵念和眷恋。一季沧桑，诗化了岁月的斑驳，那些触及不到的回忆，也字字跌落在漫卷诗词里。瘦了春水，点缀了人生。终于体会到：你若安好，岁月无恙。

愿流年的时光缩短思念的忧伤，低眉凝眸，湿润的目光里不再浸透夜色的微凉。这一刻，就让我用一曲花开的时间去弹奏记忆的音符，波动回忆的芬芳。这一刻，就让窗外的雨为你，轻舞一段岁月的花香，咫尺天涯，铺一段情深路长。

见与不见，都将是一首诗痴情的回忆。念与不念，都是一段文字晾晒在沙漠上的沧桑。春雨敲窗，唯美了忧伤。年华歌唱，清谱了一曲凄凉。

阡陌流年，老了时光，瘦了容颜。岁月低吟浅唱间，又一季诗韵花开。一生执念，谁辗转流光与我步入尘埃？陌上经年，一些答案，恰好微澜；一些章节，注定无言。浮生千变，见与不见，你终是我一生不变的牵念。

今夜，就让故事穿过指尖，遗落在淡淡的流年里。你用痴情轻叩我的心窗，那是只有我才能读懂的温暖。在遥远的这一端，你可知我用心捻成的文字，写满你的影子，携两袖思念。

亲爱的自己，是你允许深情的故事落入字间，怎么又润湿了双眼？雨夜，请你将心事就此搁浅，把过往裹入素淡，浸润诗意的情感。人生不过百年，无论光阴多么嘈杂，都要带着灵魂一起行走在字里行间。

你是我最好的初见

夜很静，静得可以听到自己的心跳，甚至听到心底的叹息。你转身离开的那一幕，就像一张重复放映的碟片在眼前游走。让不舍的情绪像潮水一样涌来，打湿了眼眶，洗涤着心底的尘埃。

一直想让自己更忙碌一些，忙得疲惫到躺下就可以睡着。可却发现我始终走不出别离的情绪，指尖下的岁月，迷乱了季节的妩媚，让跌入红尘的我们，在骨感的尘世故事里低首。

一盏温暖的灯下，恍如隔世，我在盛开的诗行里隐藏起眼底的忧伤。用单薄的文字，把流年写满温良与慈悲，深爱浅藏，抒写爱的篇章。在文字里，执着地守护着心灵的温暖，与你结一份花开的缘，让你在寒冷的风中聆听一曲深情的咏叹。

这一刻，你是不是也在远方想念着我？虽拥着一份记忆里的安宁，嘴角悬挂的却是深沉的思念。我知道，其实在还没有离开你的时候，就已经开始了想念。你转身的那一瞬间，我看到风不甘寂寞的影子，划破了岁月里的安宁。想念，越过蚀骨的温馨流淌在冰冷的血液中，浸透到骨子里。

你说，想起我的时候很温暖。而能被一个人一直想念着，何尝不是一件幸福的事情？只是我们还没来得及学会坦然接受别离，让冷风携来的寒意将空气氤氲出一片惆怅的落寞。就像我们手中捧着的一阕清词，丝丝缕缕的闲愁从书页中滑落，低眉的瞬间，眼泪纷飞。这刻骨铭心的牵念，不只隽永着今生，还誓约着来世。我知道，这个世间每一种好，只为懂得它的人盛装而来。我会在余生那些或长或短的日子里，把你路过的时光珍藏，铺成一程婉约，岁月里温柔以待。

你说，这辈子的相遇，一定是上辈子的伏笔。你来了，我在。就让我们整理好生命的行囊，让岁月如涓涓细流般的安静，陪你一程，山山水水。让遇见，永如初见，让我们相信一切都是最好的安排。

窗外景色依旧，烟花般的余温里，幸福是路过的风景。每一次触及，都是情不自禁的欢喜，心底如初的心动，打湿了多少记忆犹新的画面？我到底该以怎样的情绪，将云淡风轻的期望，在时光辗转中沉淀？岁月的时光中我们说过的那些如果，又有多少可以重来？我们微笑着安慰自己，说的情愿，也只是不想错过最美好的简单。

远处隐隐传来德尔德拉的小提琴《回忆》，深情而略带忧伤的旋律，如寒夜的冷风轻轻撩起我的思绪。昨天的故事已在心头轻抚荡漾，划过指尖的清冷露出明媚的笑容。就让我在冬天的风里润一支笔，留下一笺眷恋的文字在红尘醉心的温柔里。看它深情漫过岁月的枝头，摇曳你许我的安详。

就让我把这一季的心事散落在冬天的风里，用温暖的呼吸，轻触记忆里你的笑容。如果我们再次相遇，不说天长，不问地久，好好珍惜年华深处最温润的一段时光。任由叠加的心事，沉寂如风，心底的念想将与岁月一起虔诚皈依。

当风吹来的时候，愿指缝间的那一抹旧时光不要如此慌张，静静地陪我看着影子在月光下被拉长。婉约的惆怅里，我微笑着把对你的期盼调成淡淡的沉香，经年里回眸，愿你记得时光深处，踏香而来的我曾在你往来的路口，递一盏安暖的茶香伴你岁月一程，流年无殇。

季节的眉端，风又带来你的温暖，流年里，你是我最好的初见。千帆过尽，若你还在，转身，褪色的季节里，依然有我不变的思念。

我躲在文字里偷偷地想你

时光两岸，我们隔着一帘文字相见，让遇见倾泻成一份缠绵在指尖的缘。那份萦绕在笔尖的牵念，不经意就触摸到灵魂深处的柔软。心底微微的疼痛，缱绻着忧伤，缠绵着惆怅。

是谁把颜色涂在了云端？勾起心底忧伤的断章，让斑驳的光影落满记忆的墙，书写着流年牵动的过往。是谁把心事画在了眉眼间？朦胧的眼眸里，滋润着温馨的故事，清韵绵长，陪我穿过季节寒凉。

夜的寂静中，一种无法诠释的言语遗留在心底。键盘跳动着指尖柔情，滑落这一季的忧伤，又轻轻捻起思念的网。要怎样的情深几许，才能让过往的故事，在岁月里舒展成随遇而安？要怎样的勇气，站在季节的路口，风掠过记忆的斑驳，我还微笑依然。

一念起，天涯咫尺。月光下的禅音中，冷风吹过。我用温暖的记忆，将错落杂乱的思绪轻轻梳理。它却在缜密的心思间，开出一份荷的素雅。我寻香而来，约一程初见。琉璃的时光中，穿过你诗意的浪漫。泼墨红尘，摹一笺诗画。今夜，是谁在月下独自聆听无法传递的心语，许你的忧伤落进我的眼里。颠沛流离中，谁又让时光与心事相望，许记忆的天空依然泛起沉香。

流年，碾过尘埃，风里有念。你在，便是最美的时光。当思绪轻轻撩开岁月的帷幔，记忆虚掩的门楣里有多少感动你我的过往。陌舞流沙的年华里，又有多少惆怅？就让那一抹缱绻的温婉，独自在文字的忧伤里摇曳。就让我在你转身就可以触及的地方，陪你把岁月看老，年华耗尽。写一段有你有我的岁月，让故事在墨香里轻轻舒展，静默相许一份文字的缘。

提笔凝思，落墨为念。我想用浅浅的言语，记载下苍白的岁月，一支素笔却总是不经意就叩开记忆的门，赴你一场前尘之约。浓了思念愁了眉，那一束深情的目光留恋在有你的过往。若水，穿尘，潋滟着我生命的留白。因为那一份知遇的暖，你穿过万千人群，如多年未回的归人。忽然很想知道，在转身的若干年后，我的名字还会不会是你心上的朱砂？红炉煮茶，等一场久违的重逢，让沧桑了无痕迹。

听，时光的脚步，又敲落了一地的思绪。我躲在文字里，静静地想你。用笔下流淌的文字诠释着爱与感恩的点滴。看花开和叶落的时光，细碎而曼妙地划过季节的枝头，谱写流年里最动人的旋律。那些最深情的相望，在生命里一点点增厚，心的扉页上早已刻下你的名字。

一纸墨香，染指锦瑟。隔窗，我在时光的暖阳中读你。心中的念想，已沉淀成岁月里的依恋，它们轻轻触动心底最温柔的深情，把繁华下的痴心入了寂静，让过往划过纸扉，拂过掌心的细纹，唤醒沉睡的诗行。

今夜，我坐在有风的窗口，把思念撕碎在风里。我在等沉睡的诗行唤醒冬日的暖阳，让痴念情仇都入了尘埃，我便安静地把掌心的温度，融入诗行的细语，轻叩心灵。静好的岁月里，牵你的手曼舞天涯，静静地等，一场雪，浸湿馨香的记忆。让前世的风，穿过今生的悲喜，在静好的年华里，遇到更好的自己。

当黎明再次来临，回眸处，柔情在每一次对望中蔓延，温暖也在每一次回眸中渲染。生命里的那份懂得，已留下深深的眷恋。它们在呵护中感动，在体贴中丰盈。岁月深深处，一段段文字就此依偎着思念，婉约成心底最美的诗行。

红尘陌上，天涯望穿，在不惊不扰处将岁月安暖。打开时光的孤单，才发现已写满对你的眷恋。念你，在北京的冬天。

墨香经年，我们在文字里相依

冬日的夜晚，留下一份落尽繁华的萧瑟。透过珠帘仰望着遥远的夜空，越来越透明的思念，由淡转浓。怦然心动的感觉，仿佛落入逝水流年的宣纸，在寂静的夜里婉转缠绵，触动尘封已久的心。情不自禁行走在淡淡的水墨里，为你落下相思万千，让沉寂的心事，开满诗卷，镌刻下华丽的诗篇。

清风研磨，用爱开卷。借着文字里流淌的惬意，与你一起对坐时光，摇曳清欢。就让我把深情嵌入光阴里，在清淡的文字里细品香甜。将每一天的平淡，敲成棋子花灯，演绎一场最美的眷恋。人生有期，这份生命里的牵念却再也不会落幕。

就这样静静地坐在月光洒落的窗前，回味着昨天的暖，季节辗转向前，岁月，又开启了新的一圈。暗香浅淡的流年里，剪一段思念，掩盖起心底的慌乱，任你深情的眼眸，穿过岁月洞察我字里行间的心事，隔着月光水岸，为你，立成一株瘦笺。

你说：既然遇见了就要彼此珍惜，时光流逝如水，我们能抓住的日子却越来越少。

你说：特别珍惜能陪伴的每一分，每一秒。因为它们都将逝去不再回来，写成了回忆，变成了彼此生命旅程的一部分。

你说：用力爱过的人，余生不要说再见，因为遇见，心才有了归属。

红尘烟火迷离，我们走走停停又寻寻觅觅。岁月里，那些不老的记忆，深情回眸便翩跹而至，惊艳了时光，忧伤了美丽。

就这样念一场风花雪月，醉在红尘的安暖里。此刻，我用二十六键指尖敲打的旋律，弹奏着一段扣人心弦的言语，它感动了昨天也感动了今天的自己。就让我借远方的灯火，写一笺心灵的寄托。流年，碾过尘埃，落墨，你的身影已在文字里缱绻。带着最初的感动，浅奏一曲沉默的乐章，任岁月沧桑，感恩曾经过往。不管时光里快乐还是忧伤，记忆或深或浅，那些点点滴滴，恰似梦里的飞花，芬芳只如初见。

这种相遇，枕着柔风一缕，越过岁月眉间，掩不住隔山隔水那一份执着的牵念。故事回眸千影重，相思一缕，妖娆了心灵深处的晓月眉弯。遇见，这个温暖的词句，多少次念及，心底都会萌生温柔的情愫，当光阴悄然掠过发髻，思绪万千。一个人的风景就这样任它温柔了时光，苍凉了岁月。当生命尘埃落定，相信浮生的风景中相遇的感动会一直在路上，这种温情会贯穿生命，这种温暖会无悔地弹奏着生命之歌的乐章。

一场轮回，把流年望穿。看尽红绡香残，却无法阻挡烟火残照把思念拉长。浅浅的笑容里溢出层层忧伤，一座陌生的城，温暖围困，你可知是因为有你路过的时光。牵过的手，路过的街头，细心的呵护，温暖的拥抱，让回忆加温，想让思念盖住夜的凉。

你看，窗外的夜色中还有陈旧流年划过的痕迹。一声轻叹，如烟往事已躲进记忆的轩窗。驻足凝望，涤尽一生心尘，浅盈迷离，一不小心把快乐的歌吟成了伤？

某首歌再次响起，念起故事里的那个你，时光被定格在相遇的季节里。流年因为有了些思念，文字才有了别样的绚丽。就让岁月的沧桑，把所有的时光沉淀，我在最初相遇的地方等你，陌上你在，爱不曾搁浅。当无法预知的未来，在指尖跌落的墨香里执着，我把一种残缺的美，凝成了永远。既相遇，便与你结一份相惜的尘缘。

不问花开几许，只问浅笑安然

风裹着春意，唤醒了花红柳绿。我在春的眉眼间，看生命的繁华，开满了岁月的轩窗，怀揣一份期许。岁月静好，窗外春色明媚，掬一缕阳光，听眷恋的心徘徊轻语。揽一缕清风，传送一曲写满了思念亘古不变的韵律。

那些情深意切的心心念念，温暖了岁月，馨香了年华，让墨香堆积的思绪，沉溺在半卷诗香，游逸在笔端，落下缠绵缱绻的呓语。风吹花落，吻醉了夕阳，雨淋湿的心头，落花满地。饮尽红尘千般，拈一支素笔，写下如莲的心事。我用笔尖的墨韵，细数流年悲喜，让落笔的忧伤在指尖镌刻下岁月的痕迹。

我们曾用执着诠释着生命里的真爱，隔着万水千山，在错落的年华里相依。今生不问情深几许，任岁月蹉跎年华，青丝泛白，陌上花香，爱染流年。只为一份懂得的情怀，倾一抹孤寂，用思念绻写一份惆怅。

风掠过发髻，尘封指尖的记忆。花的馨香，醉了春的脚步，忧伤轻嗅一抹绿。有谁看到春天里的相思如跌落在尘埃里的樱花，落下几分让人心痛的怜惜？有谁可以体会，风扯动离别的序幕，它别无选择淋漓尽致地落英缤纷？那些忧伤带着满足的喟叹，那些缥缈而美丽的昨天，终于疲惫，在安详中带着绝望睡去。

掠过经年，时光把季节轮回折叠成流年的忧伤。让那一抹缱绻的温婉在文字的香影中摇曳，跌落在指尖轻吟浅唱，以慰相濡以沫的愁思。我知道信笺上再也画不出那么熟悉的名字，却也走不出深入骨髓的思念。静谧中，是谁的脚步扰了花开的安宁？将山水相依的温暖，折叠成红尘深处的诗意，在一笺水墨里尘埃落定。

也许前世我只是你的红颜，醉酒的月老不小心绊断了那根红线。所以今生我们只有回眸相遇缘，命运却让那些相伴，温暖了半生记忆。

窗外的风景凌乱了思绪，你给的温暖散成丝丝缕缕，它们轻轻覆盖了我眼底的忧伤和梦里的孤寂，把惆怅像散落的花瓣绵绵密密倾泻一地。是谁把执着的情感写成了悲欢离合的游戏？是谁小心翼翼，匆匆的时光里留下牵念万缕？穿越记忆的雨巷，我们在最深的红尘邂逅，那渐行渐远的背影里氤氲着淡淡的轻愁。错过的风景，留在了永远的昨天，当风不经意拨弄琴弦，凄美悠扬的筝声里，却都在渲染着我的思念。

我从没有告诉过你，那年浅色半夏的回忆里，我一路走，一路留下标记。我怕走得太急，而丢掉了你。即使没有对你许诺天长地久，多年后，我依然在这里。那一年的回忆里，你在我心里绵延了一片婉约的柔情，似春风十里，一路繁花似锦。那一年的回忆里，雨巷的青石板路铺满了紫丁香的芬芳，你路过我的世界，许下年华静美。烟雨红尘里，轻轻回眸，我敲打的文字里有诉不尽的情长。

陌上，谁是谁的风景？谁又是谁的过客？情到心悸，终是逃不过那一眼初见。当绯红的心事，越过时空，于红尘里轻念，思念便有了惆怅。我知道，自此你会盘踞在我心深深处，即使爱你会寂寞了我所有的时光。

一直相信，这世界上，有一种相遇，不是在路上，而是在心里。有一种语言，无声胜有声。一直相信，在这个世上，有一种惦念，无形，却是心脉与心脉的交融。有一种感情，是默默相伴，永远不会输给流逝的时间。

打开心的枷锁，将爱放手天涯。如果我们就这样做了红尘的过客，那就让岁月成全一世的思念和牵挂。此去经年，天涯终须一别，至少此生无悔，因为一眼千年的遇见。

颠覆的时光，错乱的流年，故事就像蕴藏在思维深处一首美丽的诗篇。红尘陌上，爱在世俗的尘埃里触动了缘分的琴弦，我们便不问花开几许，只问浅笑安然。若可以，我只想许下一个心愿，假如，在春与秋的边缘，漫过了夏，我是否就可以当作一切都没来过，我谁都没有遇见，今生只是遇见了你。

为你，执笔写流年

窗外又下起了雨，风和雨又缠绵、缱绻在暗夜里。朦胧的街灯下，凉凉的雨丝把潮湿的念想挂在了柳丝千万缕，风起花如雪的人间四月。

落影成念，把一季韶华旖旎成浪漫的红尘花事，又蔓延着落寞的尘埃。雨浸心思，那些尘封在心底淡淡的忧伤，就这样落入水墨写意的素笺，浅浅的墨痕，碎碎成痴。隔着诗行，收拢着时间的碎片。把相思漫入诗卷，捻一地惆怅，在烟雨朦胧的雨天。

风过陌上，浅依轩窗。那些流年中的风景，途经的故事，在一盏茶香中暗香浮动，盛放成窗前的一树嫣然。那些深深的懂得，将平淡的日子书写成一卷琉璃，吟唱成年华中最美的念念不忘。我该以怎样的文字去感谢岁月曾留给我们花香满衣的欣喜？又该以怎样的心情去面对一场场聚散别离的轮回？

雨敲窗棂，一段时光，氤氲在朦胧的烟雨中。滴答的诉说，勾勒出搁浅在记忆里的碎片，不在乎那一段风华是否许我们一世欢颜，旧年里它已装订成极目处的栏栅。

时光不经意老去了容颜，写旧了故事，心底的感动和温暖在经年的辗转中却更加清晰。今夜，请允许我将心事在一盏茶中禅定，轻拾流年的断章，饮下一世奢望。牵手一段墨染的时光，将眷恋注入指尖，散落在文字里缠绵。菩提树下，听，谁在自吟自唱？回眸，已轻触眼眸的泪光，浸润了前生今世的期望。

风清透窗，雨丝飞扬落惆怅。谁的情话雨夜又染凄凉？就一池淡墨，碾碎雨夜的忧伤。流年里你可愿许我，一缕春光做衣裳？不再染离殇。

执笔，素笺，我轻轻地把我们的故事安放，它却惊艳了时光。许前尘旧事跌落西窗，收拢记忆的网，任由青丝染霜华。若你也在雨夜落花时节念起我，是否会想起那一季的转角，我矜持的微笑和拥抱的心跳？

疏影横窗时，我也曾在落雪飞舞的童话里悄悄预约了春的明媚，柳影横斜，绿意葱茏，和你赴一场春天的约会。人间最美四月，草木丛生花飞横，细雨吟笙，迟来飞絮醉古筝。它搁浅了忧伤，模糊了风景。驱走了薄凉，安暖了心扉。

穿过季节的长廊，婉约的相遇，隐匿在时光深处的眷恋，早已融入生命，浸染了灵魂。因为情深，所以无怨。因为懂得，所以安然。我愿青灯一盏相伴，执笔，为你。我愿在细水流年的平淡中品味那份独有的暖。

想你的夜晚，总忍不住打开博客去听那些熟悉的歌。这个小小的角落，是我魂羽栖息的地方。因为相知，文字中绽放出一种灵动的默契。爱的诗行，依偎在时光中，浅笑安然。透过岁月繁华的沧桑，我只想饱蘸诗心雨韵，在最深的红尘里落下最纤秀飘盈的一笔，为你执笔写下最后的言语。流年里捻一缕馨香，漫过你的四季，温暖你的心房。

记得，你曾说，我的每一篇文章你都在看，每一个字你都喜欢。

你知道那些清秀的文字，都是最真的情感，你说，你的快乐就住在我的文字里面。

记得，你曾说，看过安意如和白落梅的文字，读起来甜腻的感觉。而我的文字很清秀，像冬日的蜡梅，有风骨在里面。你说，我是文字的精灵，如果不写作，就少了一半灵魂。所以无论怎样，都不要放弃与文共舞。希望我用时光做笔，写下对世界、对生活的感悟。

你可知道，这一场相遇，这一场宿命的邀约，已温暖了整个曾经，满纸絮语，镌刻了一季韶华。就让回忆在时光里细细流淌，像水一样缓缓涉过相识相知的印记，让文字与心灵的交会，像一朵娴静清雅的百合，在岁月里沉香。

窗外，雨中弥漫的花香，漫过素年锦时的水墨和初春的情怀。那份最深最真的念想，隔着遥远的时空用一季倾心的约念，偎着安静素雅的文字取暖。有些人、有些事、有些遇见，那么深刻地投射在记忆的深处，一定会经得起时光的考验。不惧，亦无悔，执念，岁岁年年。让岁月为生命留下厚重与惊艳。

让心栖息在最温暖的地方

细雨敲窗，把我从梦中唤醒，宛如你温软的絮语，温润着心房。煮字取暖，梦里梦外把故事舒展成一道绵长的风景，让那些浅疼的文字，轻依在岁月里，给不安的灵魂以安慰，给疲惫的心一个港湾，让难以释怀的心情，化成字里行间的诗行，妥帖安放在清浅岁月里。

轻倚季节的转角，将喧嚣悄悄关在门外。听风、听雨，听花开的声音、听花落的叹息，烟雨红尘，一路飘摇。就让窗外的雨伴我在一盏茶的柔情里，诉说光阴的故事。红尘微雨处，嫣然浅笑，不与时光话薄凉，只在你的掌心流放一缕深深的眷恋。生命太短，我们没有时间留给遗憾。就让那些爱的真谛，穿越风尘，温婉最美的流年。

夜风轻轻推开了窗，风带来了雨的缠绵。情暖微漾，指尖拂过暗合的诗卷。一盏灯下，敞开灵魂，我用一捧简陋的文字，点缀着光阴，昨天的故事就在一页诗笺里落笔生香。就让它带走这一季的忧郁，隔一窗眷恋，念一行祈愿，越过千山万水，暖你一生期盼。这一世因为有你，便多了一份安暖。这一世你走进我的文字，便丰盈了诗篇。

斟一盏岁月沉淀的芳香，用文字轻轻拨开春日的迷茫，任凭温婉飘摇词句，叩击忧伤的心窗。就算雨丝再次倾斜岁月的沧桑，我依旧笑着温习那些温馨的过往。尘世的淡烟，熏黄了纤指，书老了岁月，何时才能封印笔下忧伤？游走在相识的渡口，细数每一个欣喜的轻舞飞扬，人间四月已站成永恒的姿态。

雨浸心思，摇曳千年经筒。我轻轻合上记忆的书简，锦瑟流年里就许它深深的眷念。今夜，写一段有你的文字，阡陌红尘，为你轻舞一段岁月花香，铺一段情深路长。细雨纷飞斑驳了泛滥的思绪，任柔情在夜的静谧中流淌。雨夜凄美、微凉，诠释着执着的念想，携一缕老去的光阴，书写一段离落的惆怅，不经意就触碰了流年的感伤。你可知道，那张思念的网，曾有我许下的欢笑也蔓延着沉寂的忧伤。

你说：喜欢一个人很简单，彼此一定有一个共同的地方，是解释不清楚的那种默契。每当想起，心中总是一种莫名的感动。

你说：因为遇见，才发现了真实的自己，没有稀里糊涂地过一辈子。第一眼冥冥之中已注定了这缘分，不管以后遇到什么样的苦，都不会后悔。

你说：生命很短，我们不知道明天的太阳和意外哪一个先来，有多一天陪伴的日子就已经满足了。

这一刻，风掠过记忆的斑驳，又想起你的话语，离愁一卷，蔓延着一片揪心的惆怅。暗夜，让想念的情绪无处躲藏，深深忆起有你的时光。无法诠释的言语遗留在心底，沉浸在那首我们都熟悉的老歌里。就这样坐在岁月的角落里，傻傻地等风把记忆吹化，却发现，有些遇见就像你曾说过的，要用一生忘记。

我，在雨夜等星光灿烂。握着你给的暖，看一场水墨传奇在烟雨中上演。依窗听雨，把月儿盼圆，采撷一捧月华的光，在倾城的故事里舞出万般眷恋。听一场风吟，一缕桂花的清香漫过鼻尖，渲染了孤寂的清雅。于是，我在更迭的记忆里浅浅落笔，将重逢的温柔婉约成长长短短的诗句，依偎在唐诗宋词里，谱一段飘香翰墨，让心栖息在最温暖的地方。

愿牵念的文字永远那么温暖

窗前的秋千上，捧一本书望着窗外静静地发呆。那一抹迎风摇曳的树梢，告诉我玉兰花已凋谢。它就像是一场爱的轮回，以一曲离歌在明媚的阳光里，洒落了一地的忧伤。

四月，我素色的年华，在浅浅的文字里妩媚。在缜密的心思间，开出一份淡淡的素雅。沉默的年轮刻满了季节更替的痕迹，就像你轻轻走过的昨天。它们在阑珊处缓缓回放，让我的眉眼间只刻下你的悲欢。此时，微凉的房间里单曲循环着那首我们熟悉的歌曲，温暖了思念，穿透时光的缝隙晕染明媚的春色。

一路守望，只愿那一场遇见，在岁月里缱绻成逝水沉香。那一笺繁华背后书写的沧桑，浅醉独饮，半盏相思，盛满落花的清香。这个春天，堆砌了纤细的心事，隐忍了欲说还休的惆怅。

光阴的两岸，写着最美的初见，韶华易负情难却，折叠成咫尺天涯的牵念。就让风为故事填词，雨为结局谱曲。放任深深的念想，在澄澈的音韵里起伏跌宕。等它落了满满的暖，一页花笺，执笔流年，衍开余生的悲欢。

轻展岁月的素帛，把矜持的眷念凝于指间。让那些聚聚散散，遇见和擦肩，沉淀出半盏心事，温暖红尘的驿站。陌上回眸，墨花飞扬，淡写流年。当思绪再次拨动岁月的琴弦，平仄中婉约在字里行间，让一场盛世的邂逅，在唐诗宋词里辗转千年。让等在季节里的容颜，如花开花落，忽隐忽现。让所有的相遇和回眸，只如初见，嫣然倾城。亲爱的你是否也看见，岁月的信笺上我用一份阳光的温暖，勾勒着那些被时光冻结的昨天。我知道，穿过风雨，你跋涉千里，只为与我结一份锦色尘缘。

感谢你路过我的世界留下倾城的温暖，感谢你给了我风中的哽咽，月下的想念。感谢你让我懂得心疼的滋味，成为我灵魂笔尖最美的绝唱诗篇。就让我在一首诗的时光里，赠予你无限的温柔，愿牵念的文字永远那么温暖。再许我，向春天借一页心笺，勾勒半阕婉约的相见欢。

尘世间，我也只是一个平凡的女子，坚强的背后也有脆弱的一面。风雨中我用瘦弱的指间敲击着爱的序言，用灵魂续写沧海桑田的诗篇。亲爱的，若干年后，明媚的窗前，你是否还会记得她轻唱的那首歌，浸湿过你的眼？不经意回眸从她的诗行路过，是否还会嗅到那抹熟悉的忧伤，浅浅？饮尽沧桑，斟满落寞，她的身影再掠过你的心海，你是否也会有一丝遗憾在流年？

轻捻时光里的安暖，把那一抹深情的等待剪碎在风中，然后在古筝的弦曲中把相思沉淀。揽一缕清风，携一抹禅意，入墨，柔情缱绻。如莲香漫过诗词古卷，缠绵在指尖。

浅浅落笔，情深几许？当思绪如羞涩的白莲盛开在轻风里，指尖留下多少清欢？撑开落寞的杯盏，行走在文字的时光里又瘦了多少心事？疯长了多少思念？旖旎在心里的暖，婉约了故事的细节，让长长的牵挂，在风过处琉璃，携着一生眷念，抒写着一世情长，暗香浮动在你我的流年。

守一段过往，暖一世容颜

一缕阳光下，掂一瓣落花的沉香，轻轻打开为爱埋下的伏笔，我们故事依然安静地沉淀在斑驳的流年里。那些我愿，始终如玉晶莹，你可知道我要的岁月静好，是在有你的时光里。闲看花开，静待花落，平淡归真，尘埃落定，怀着安静的心情把柴米油盐的繁琐，演绎成平淡生活里的温馨浪漫。那些停留在旧时光里的故事早已被岁月侵蚀，可我始终相信，搁置许久的念想，就是在时光里泛了黄，依旧会是流年里最温柔的暖。记忆里，总有一些温暖的画面，经历时没有什么特别，回想时，却胜过万语千言。

感谢时光，不偏不倚，躲过了风口浪尖，在岁月摇晃着的年华里，让我恰好遇见你。那些一路相伴的情谊，山高水长，温暖了今生的记忆。那些一路牵手的温暖，情深义重，许我一墨相惜。我在似水流年的岁月里，将一些念想，微澜静好，让一些回忆，温暖绵长，浮华三千，只做自己。红尘岁月，静品淡藏。

岁月摇曳，璀璨了一束花香，苍白了一份执念。记忆的风，就像一颗晶莹剔透的泪，轻轻一碰，便渗入了如兰的情怀。如果没有遇见你，惦念怎么会在梦里温暖成诗行；如果没有遇见你，红尘深处怎么会有无法铭失的记忆？昨天那些或悲、或喜的淡暖清欢，早已浸湿心海，开成诗意的灼灼桃红，极致了我生命的每一个晨钟暮鼓。

牵一缕柔情缱绻，守一段如歌的回忆。静静的角落里，细细地聆听红尘岁月的脚步，守心自暖。就让暖山暖水的心念，融化世俗烟火的沧桑。就让灵魂，在一抹懂得中皈依宽容。一念千山，谁会是谁的永远？千帆过尽，日子旧了，时光依然。我们经历着一场场别离，又期待着一场场遇见。等万水千山的故事，温柔了岁月，静好流年。

我想，就这样在初春的风里，默默地想你。静静等待花开的梦里，依然完美地栖息着那份令人心动的安暖。走过风雨，愿我还有勇气将时光一页页翻阅，寻找内心深处那份超越俗尘的情感。让眷恋，因为懂得，倾尽欢颜。让温暖，一点一点溢满心间。当所有的一切，被岁月沉淀成季节的背影，陌上浅行，执笔红尘，守一段过往，暖一世容颜。

自此，光阴的故事中，我把日渐消瘦的文字种在简约的沉默里。等雨轻曳，在一朵花的芬中，掬一捧清澈藏心的温柔，一壶忧欢，与尘风对坐，与岁月倾谈。素锦阡陌，就许我借一缕春风为笔，流年的宣纸上让文字的音符从季节里穿尘而过，在飘飞的花瓣上印满书香。

当春天的风里又奏起隔世的曲，指尖的温馨不经意穿过了薄薄的纸张，化成眸底一脉温良。那些曾经缠绕在心中的念想，飘落眉间，尘埃落定。沿着春的暖意，在远离你的天涯里，将心事寄予笔墨，诉说着千里之外的思念。

窗外，花香沉寂，隐约筝弦声起，是谁在浅吟轻唱，细数花开花落的时光？那一缕香魂，愁了山，伤了水。等千帆过尽，花落天涯，无法打捞的记忆沉睡在岁月中，我便躲在文字里与你相见，任想念肆意疯长，记忆不再隔着一道墙。怀揣半阕闲词，让繁华覆盖沧桑。

陌上风过，落雪倾城

世界上有许多天堂般的美景，走近你是为了让疲惫的心灵从繁华喧嚣中得到暂时的宁静。洁净如斯，静美如斯，这一刻，我被你执着的美妙深深打动，这一刻，我想对你说：感谢一路有你。

——题记

在每个人的心中，几乎都有着一个关于雪的童话梦想，我也一样。决定去雪乡是因为他发给我的一张雪乡明信片的照片。美得让人窒息，像一个童话的世界。那一刻，我对自己说：我要去这个童话的世界，看天使翅膀上落下来的白绒毛翩翩起舞，给大地裹上素白的盛装。那一刻，我多么希望能走在画中踏着一条雪中小路，走进充满了诗情画意的雪房子，让疲惫的心灵在繁华喧嚣中得到暂时的宁静。

雪，是大自然赋予人类最美的景色。走进雪乡的那一刻，我被它的美深深打动了。脑海里掠过所有可以想到的词句，却都无法表达出只属于它的那种美。洁净如斯，静美如斯。

雪乡的美，是圣洁的美。那种洁白让你不忍伸出手去触摸它。

雪乡的美，是灵性的美。它带着疲惫的心走进妙曼生动的童话里。雪乡的美，是宁静的美。凝光素色的光影里透出温暖，透着妩媚。这场雪的盛宴，让心变得更柔软，让眼眸变得深邃。

你看，那层层叠叠仿佛是刻意制造出来的屋顶，像极了一个不真实的童话世界。灯光映衬着积雪的小路，每一步都听得到雪的欢唱。行走在其间，恍若穿越。心中忍不住冒出一个奇怪的想法：我是谁？

在这个沉静又朦胧的雪夜，寒冷的空气里一瞬间又带着浅浅的感伤。我们踏着洁白，在一步一步间，慢慢丈量着夜的厚重和深沉。心扉慢慢打开，季节因你而温馨流淌，冬的冷，终抵不过交错在彼此心中爱的暖。眼底的温柔，眉间的浅笑，静静地散在我微长的发梢间。就让万语千言，化作一圈年轮。不担心，不纠结，不记流年。你给我倾城的暖阳，许流年一半明媚，一半忧伤。我穿越尘世翩然，以时光作墨，用文字暖色，写下一纸属于我们的缘。此生不长，有些精彩只能经历一次，有些风景只能路过一回，岁月怎忍心撩拨内心的感伤？时光，就请你放慢脚步，慢一些再慢一些，许我悄悄藏起思念放逐的惆怅，只想记住来时的模样。

入夜，雪又从天空缓缓飘落，烟花也从不远的地方升起。我把这种瞬间的美，叫凄美。我知道这种燃烧会心痛，却不后悔，就像一段感情里的那些奋不顾身。

今夜，就让我们随着风的足迹，踩着时光的脚步，在这个圣洁的地方写下一笔最美好的回忆。让流年的深处盛开着温润的芬芳，温暖生命中的薄凉。你看，雪从遥远的天空旋舞而来，飘飘洒洒，纷纷扬扬。像极了天使的微笑，旋舞在思念的风里，亲吻深情的大地。它带我们走进格林童话的世界，宁静，安详。

聆听落雪，便有了静美如诗。打开日子，便有清香来迎。过尽千帆，愿这温暖一直都在。

我知道，雪乡之行会在岁月里留下我们璀璨的笑容，哪怕瞬间还有过淡淡的忧伤。我喜欢在这样清浅的时光中静默，因为懂得，不需要太多言语。多年后，再想起那一场突如其来的雪仗，仿佛让我们又回到了童年那份久远而美好的时光里，满眼都是欢乐的海洋，该是怎样的感动？多年后再路过烧烤摊看到烤玉米，会不会想起那一刻满眼的泪光？你说：冰是沉默的水。这一刻，你有没有感觉到水也在歌唱。那种从心底流淌的喜悦和感动，就这样掩盖起眼底的忧伤。

因为你，我深深爱上了这个季节。流淌在心底的文字浸过音乐里的幽怨，也染上了幸福的颜色。风吹雪舞的夜，就让拙笔把深情饱蘸，书写对你的一份牵念。流年里剪一段季节相思的时光，为你无言期待一场梅雪光芒的眷念。

时光的微澜，又轻轻翻阅着残留在记忆里的暖。我从徘徊的记忆里，轻轻走过，认真地关门，就这样将过去尘封。穿过冬日飞舞的雪花，就让它跌落在玻璃的一角，折叠出色彩的褶皱。从此不叹世道苍凉，不惹情思哀怨，冷暖自知，干净如始。自此你若安好，便是晴天。你若幸福，便是终点。

相约流年，不见不散

“谁的指尖不经意流过千年的时光，在惆怅的心事里锁住刹那的芬芳。谁的回眸，深情万缕，低眉间温暖的感觉已悄然漫过了寒冬的凉。也许生命中一些姹紫嫣红的遇见，最后不过是一个人的山长水远，时光深处，不说悲欢，不诉离殇，若可以，请许我尘埃落定，转身，你的温暖在身旁。”

敲下这几行字的时候，我还在路上。莫名的伤感，穿行在文字的灵魂里，寻找着昨日的暖。一缕牵念一缕梦，寒风煮酒话梦长。我知道每一次转身都会被岁月蒙上一层厚厚的茧，任怎样去剪还是那么乱。那些叶落旋飞的记忆，总在不经意间携一卷清浅，盛开在流年的时光里。

红尘陌上，回首尘缘。我不知道冬天的风里，谁还在寻找谁的遇见。我不知道灯下拉长的影子会隐喻成孤单的思念。你，仿佛是我隔世的温柔，隔世的暖，在这个冬季墨尽成烟，温暖我一生的眷恋。就让我们相约流年，不见不散。

你看，车窗外的风景倾尽一抹浅笑的等待，让那重逢的恋曲，阐释为翩舞的寂寞霓裳。你听，有风轻轻呢喃，它卷起昔日的故事，一段段馨香的记忆便踏着轻盈的足迹行走在有你的城市里。

那些飞逝流转的光阴，宛若是一个隔世的梦。昨天的温暖在指尖，在发髻，在耳边，在有你的每一秒，在我们路过的每一个角落，在碎碎花屑弥漫的冬风里。回眸一瞬，便是一生，心香暗许，便是千年。好想把那份不悔的记忆，铺垫成人生下一个十字路口相遇，好想把路上错落的风景，排序成诗意的水墨画迷醉在你的眼里。那些深深的牵念已沉默成雨，你给的温柔也宁静成一幅画的美丽。穿梭在时光中的执念，带着微笑，牵着忧伤，一路却还是写满诗意盎然的情笺。

你说：我们的遇见，是前世注定的缘分。一生不长，我们要睡很久，所以遇到了，就要好好珍惜。

你说：有一份沉甸甸的信任，在你心里弥足珍贵，会用生命去守护、去滋养。让它生根发芽，枝繁叶茂。

你说：我在你的眼里是一池碧水。沉默不语的时候是冰，开心快乐的时候是雪，孤身远行的时候是云。

缱绻红尘，有多少知遇的故事，写成了一瞬间的地老天荒？让别离写意着感伤。又有多少擦肩而过，让诗里隐藏起更多载不动的忧伤。我们无法选择开始，也不能预料结局。你路过我的世界，你的回眸，我的浅笑，却已注定是岁月里的暖。如果前世的五百次回眸才换来今生的一次擦肩而过，我能不能用来世的一次擦肩而过换得今生的五百次回眸？

岁月匆匆，流年向晚。且行、且忆、且珍惜。为了这次重逢，我们已等了千年。一曲无悔抚出了千回百转，岁月深深处，爱染流年，情暖一生。曾经驻足的风景中，谁忍心让爱遗失在红尘里，沧桑一片？

就让风吹起如落花般破碎的流年，就让我的脚步行走在你的牵念之间。就让车窗外的风景定格在重逢的那一瞬间，就让你的笑容摇摇晃晃，成为我旅途中不知疲惫的暖。那种依恋，带着我的思绪早已纷飞在你的风景里，让一场华美的盛宴，像盛开在尘埃里的一朵花，感慨着流年波影，轻叹人海里的遇见。不祈时光不老，我们不散，我路过你的世界，在半明半媚之间，万般缱绻。一份缠绵，恬恬淡淡，让流年安暖。清风研磨，落雪舒展，写出心底有声而动感的牵念。

从此，一座陌生的城市，覆手寂寞。忧伤化作一缕风，穿过指尖，散落在淡淡的流年。时光的剪影中，我们像是一粒尘埃，随风聚散。倾我一生所有，换取岁月静好，让故事穿越古今轮回的幽香，沉淀于岁月深深处，不再摇荡起心间那一缕缕惆怅的轻烟。

走过万水千山，你的爱就在身边。陪我梳一季心事，看雪如蝶飞。布一纸素笺，系一缕温暖在寒冷的冬天，馨香秀发不再成愁绪绕心田。流年有你，醉饮时光月无殇，浅笑倾城笑红尘。

素卷沁语，守心向暖

风轻轻飘过，时光的晨暮里，你悄悄而来，为我送来冬天里的温暖，然后，转身离去。自此，回忆的门楣间，洒满了怀念，飘飞着孤单。

画在纸上的光阴，一指轻触的流年。藏在风中的诺言，还有心底的那些轻叹，就这样在似锦流年的烟火凡尘里，一不小心把一场遇见，倾洒成墨染的思念。它执着地穿过岁月的屏障，给我最美的轻绽。

北京的冬季，我独自走在你路过的风景里，想象着你曾一路奔波的步履，踏过岁月泛黄的纸端，是怎样的万水千山？如果时光允许，我们不说永远，不道再见，只愿生命里一直一直遇见。

都说婉转的光阴里，会有很多的不邀自来。我的风尘里，却依旧只有你遗落的眷恋。曾经的熟悉，总是在渐渐清晰的画面里，生出暖意，如诗，如莲。让我不再在意季节轮回，沧桑几何，只想陪你孤独时舞一段最美的笙箫。清风研墨，陪你写尽繁华和一路的淡暖清欢。

沿着掌心一缕轻落的阳光，梳理着一捧篱落风凉的惆怅。它让我的孤单变得这样沉默，在一页心笺上落字为念，只为，在经年铭记昨日的温暖。阳光中你那一抹微笑掩饰不了的忧伤，已成为我眼里的初见。它让思念葱茏所有的期盼，洇染了那一片风花雪月的情怀。它让心篱的落寞，涂满每一个角落，笔尖流淌的文字，便是你我灵犀的对白。

这一世，我用半生沉沦、半生飘摇，雨浮生未歇道一句安好，不念来世，只怕是沧海桑田、徒留遗憾。这一季，我把繁华下的痴心入了寂静，红尘喧嚣，惆怅不归。等温暖划过纸扉的伤痕，在岁月的相望里，穿过时光的幽深，走一程山清水秀，念一人不知疲倦。

当你的微笑划过我的时光在匆匆的刹那间，我静静地厮守着那份遥远的牵念，红尘里透着诗意的暖。这个冬季窗外的阳光如你，暖透我所有的忧伤，落墨，将相思书为缱绻。我放逐心在有你的地方流浪，驻足，执笔，为岁月书写下只属于你的眷恋。就这样，在时光里和你轻轻相拥，陪你看一程细水长流的平淡。就这样，在时光里和你相伴，素卷沁语，墨诉流年。

这一季，墨香会伴着雪花绽放。这一季，你淡淡的笑意凝结在温婉的诗行。就让我在经年的素笺上，书一卷最美的相遇，再将三生石上的“缘”字反复思量。自此，你在我心里留下的印记，穿过红尘，地老天荒。自此，想你，只需轻叩心房。

冬语问情，爱染流年

我拽着岁月的衣角，在夜色里游走。撑开的夜幕下，流溢着淡淡的忧伤。昨天的故事透过树梢的月影斑斑驳驳，洒落一地，心底不由涌起一种欲说不语、欲诉不能的情绪。陌上风过，笔下平仄的诗韵再也无法生香。任由着那些划过指缝的时光，锁眉卷忧伤，额间的笑意迷离到苍白。

研磨展素笺，此去经年。万家灯火的繁华，温柔了时光，也寂寞了流年。一段旧时光悄然路过暗香浮动的夜，我就情不自禁想起你的容颜。

你说，最喜欢看到我背着行囊，在古镇和乡村里游走的画面，然后一段段飘逸、俊秀的文字洋洋洒洒出现在你的面前。

你说，江南古镇的暮色烟雨里，一袭白衣，走在青青的石板道上那个典雅的女子，回眸一笑，百媚倾城，就留在了你的记忆里。

水墨江南，那些安静的光阴里，是谁将一抹忧伤写进雨丝缠绕的诗行？牵念入怀，过往的安暖，就把所有的时间填满，故事穿尘而过，墨染流年。

今夜，我的城市星光点点。你呢？月光是不是温婉展颜？掏空的眼眸，藏在心底的思念，坚守着始终如一的执念。心底的一抹暖香，已悄悄在诗意里深藏，让光阴里那一份倾心的遇见，深深浅浅，疏疏淡淡，不染尘嚣，在月光的清影里，轻舞飞扬折叠着想念。

好想就这样掬一捧花香，拥一份懂得，在岁月里与时光轻语流年。这一生时光很短，我们是不是还会在时光里遇见？窗外的街灯模糊了视线，风的叹息吹落了叶的眷恋。来往的车辆，重复着流年。我们就这样在时光的漩涡中打转，一笑成歌，浅语嫣然。

寻寻觅觅，红尘陌上我们终于遇到最真实的自己，年华里拥有最美的遇见。暗夜，任由生命中那些感动心扉的故事在流年的书页里轻轻翻动，看明媚和感伤在 360 度的光影里回放，浅唱回眸间，已穿越轮回，许流年安暖。

2017 年的冬季，留下了一份落尽繁华的萧瑟，写尽时光不老，我们不散。你可看到，如水的月光在静静流淌，转角凉凉的风，又吹起我的长发，疯长了多情的牵绊。我开始怀念，怀念那段有你的时光。我开始怀念，怀念那段忧伤而又甜蜜的流年。

一盏灯下、一杯茶香、一束光影已渐渐把时光的故事雕刻成记忆，岁月却悄悄变化了场地。我默默提笔，又轻轻放下。怕淡淡的言语，薄薄的信笺，承受不了深深的情谊。

这个冬季，落叶早已铺下了金色的地毯。等冬雪漫过季节的晚装，一场轮回，一场眷恋，冬语问情，爱染流年。

岁月不老，你安好

午后的阳光带着微笑看着我，秋风多情地陪伴着落花飞舞，萦绕成一抹浅浅的诗意。我静静地坐在岁月的屋檐下，拈一片流年风干的花瓣，和着季节深处散落的故事，用流年的余温，煮一盏香茗的清寂。

你就这样踏着风的脚步，如约而来。踩着铺满了锦瑟的庭院，安然路过我的身旁，留下一段岁月无语的心暖。

浮生若梦，我该怎样感念时光中每一朵花落的深情？那些散在风中的期许，落在雨中的惆怅，让时光苍白了岁月，留下了一座风烟俱净的城。那些静放在红尘里的相思，轻轻飘过我守望的窗前，牵着那些深深浅浅的回忆，暖着岁月刻骨铭心的过往，陪我等你，在城里。许红尘深处那些流浪的故事，静静的淡泊。听，落花独白，风的叹息，还有季节的轮回，佛说的禅意。

请许我借午后的明媚折一笺文字，放下岁月里的那些忧伤悲喜，煮一壶往昔，滤去沧桑浮华，只留一份沧田素简。让生命中那一缕幽香在年华深处，醉了柔软的心扉。沉寂成一种不离不弃的暗香。让千结过往，熏染洒脱，美了云的衣裳。

一场年华，一季花落，就这样带着一抹浅笑嫣然，舞成诗，落成念。昨天那一场陌上相逢，仿佛还盈在美睫，而流光已在转身间，滑向季节的深处。

回眸，又是一季秋凉。要怎样的一份从容，才可以如云一样飘逸？要怎样的一份洒脱，才可以若风清扬？

浅秋的风陌上吹过，带着一夕繁华，裹紧爱的匆忙，浅喜深爱里写出别样的诗行。就让我们等秋叶静美，落花飞扬，赴一场千年之约，褪尽经年里的迷茫。在平仄的流年里，念一个人的暖，过完整个季节的流觞。让那些散开的故事伴着落花的殇在笔下的文字里，与流年对话，和时光轻语，不言沧桑，不诉离殇。唯愿，浅握双手，风景依旧，岁月不老，你安好！

秋天里的童话

秋雨打湿了夏梦的光阴，我躲在季节的轩窗，九月的门楣里，遥望着季节的深处。

又是一个多情的秋。渐凉的季节里，洒满了岁月的温润和美丽。当风叩窗棂，离陌，盛添情绪。我在暗夜雨落的香尘里，放飞低语的思绪。

思念就这样沿着起伏的微风，绕过落花的阳台，走过时光的罅隙，驻足在流年深处。年华里那些若隐若现的片段，零零碎碎已渐渐变得遥远。我闭上双眼，走进散落的时光，眉宇间却落下淡淡的清愁和哀怨。

我们行走在繁华喧嚣的红尘，你争我吵，尔虞我诈。每个人的心里还能保留几分真？说着违心的话，做着违心的事，心里真的快乐吗？我想所谓的日子，应该是奖励给自己的舒心温暖，而不是过给别人品头论足。所谓的岁月，应该有清风作伴，漫煮闲茶，对弈人生。静好的岁月里，左手抚过青绿的诗行，右手紧握幸福的光阴。

我只是一个平凡的女子，只想过平淡的日子。不奢望有多少人可以读懂、理解我，只想做一回我自己，哪怕日子静得可以听到尘埃落地的声音。不为诗意，不为风雅。只为平淡真实地活一回。

这个世间，除了生死，我想不出还有什么值得计较?

这个世间，再不堪，我还是选择了相信真爱!

浅秋的夜，穿越光阴的笺，和着诗香染着眉宇，柔柔洒洒写下念意。静静流淌着的文字，让指尖开满了温暖，让流年的故事染上了明媚。伴着朦胧的灯光，夜风温柔地掠过我的耳旁，打湿了梦的衣裳。你看，时光已在经卷里成禅，一盏灯下我安静地在岁月的素笺上写下九月的禅语。秋情缱绻，文字染香。清水流沙，穿越秋天的思念，一切都是我喜欢的模样。

亲爱的，夏天残留的记忆在一场场的秋雨里安静了。我听到心底一种久违深情的呼唤，宛如一场美丽的遇见。岁月辗转，季节的轮回好像是一场场倾城之恋，写满了世间的沧桑，载着沉重的惦念。愿九月的秋雨，涤荡流年里的悲伤文字，带着秋的明媚，开启一场关于文字的盛宴。惊艳季节，温暖时光。如山间清爽的风，像古城温暖的阳光。

秋天里的童话，就是等树木脱下满树繁华的绿衣。看飞花秋叶簌簌独舞着曼妙的舞步随风而落。我，在庭院深深处，读书、作画。时间煮雨，岁月缝花。浮华散尽，禅心如许。

这一季，淡墨染香

一阵清凉的风夹杂着潮湿的雨丝，不动声色地穿过时光的缝隙，温润了秋的清宁，唯美了清冷的季节。

岁月就这样深情地落下了清浅的一笔。

淡淡的思念，浅浅的清愁，在秋的路口将一颗褪尽尘埃的心，深埋浅藏。那些路过的风景在晨风里轻轻滑落的轨迹，凝成了一幅最美的画卷。多少想念，在岁月里丰盈成一首诗的烂漫，多少眷恋，在深夜里叠加成最初的温暖。轻触时光，花落含香，简静的岁月里，我坐在秋染陌上的风里，一笔笔诉说，抛开世俗的纷扰，看过往的故事都成了岁月书笺上的轻浅吟唱。

这一年，匆匆走过春的明媚，夏的繁盛。还没有来得及去拾捡遗落在风里的叹息，还没有来得及整理好凌乱的思绪，转身，就遇见了久违的秋。

七夕，一场深情的雨，明媚着忧伤，婉转着风华如水的清澈，牵引着欢喜，也放任记忆斑驳着回荡，暗香犹在。它让空气里弥漫着清凉的气息，浸染了一份诗意。它许岁月如初静好，将风中的落花染香入诗，铺开一叶知秋的长卷。烦躁和喧嚣渐渐少了，心，渐渐静了。一盏灯下，伴着轻风细雨的吟唱，我微笑着走过流年里的从容和欣喜，用笔尖的温度，将散落在时光里的文字轻轻拾起，盈一枚领悟，藏一片誓言，将心语写在离你心最近的地方。虔诚的文字里我再次被那些入心的情节打动，是时光美丽了过往？还是岁月为你添香？

今夜，我想褪去往日矜持的模样，借一缕秋风研墨，用一滴秋水润笔，让初秋的美丽，宛如岁月的沉香，带着一份清宁的浪漫和你共醉一场。雨落秋香，把天涯演绎成完美的期盼，素笺一笔，剪一段随遇而安的时光。不说悲喜，不言沧桑。取一段文字在时光里煮雨，将半卷花絮入味浅酌，一杯敬你，一杯敬过往。

当老去的时光再次敲窗，我看到曾给指尖涂上一抹温情的年华虽被渐次搁浅，在简静如素的时光里，那些温暖而又苍凉的过往，早已将你的名字轻轻刻上。红袖添香，氤氲成一道思念的墙。

亲爱的你可知道，有多少相遇染醉了时光，又有多少别离零落了夕阳？十指相扣的光影里，思绪跌入流年邂逅的白衫。

这一季，淡墨染香。这一季，写尽年华里温柔的诗行。

走过流年的落寞，拖着漂亮的夕阳

安静的夜晚，一轮半弦的月孤独地挂在窗边。淡淡的惆怅伴着凌乱的思绪如湖波荡漾，把素白的情感浸染。不是每一份爱都有结局，不是每一份付出都有回报。若你愿意，且与我执一支珍惜的笔，描一幅深情的画卷。

当一首老歌悠然响起，拨弄落满尘埃的心弦，我又听到一些时光叹息的声音。笔尖下的荒芜，眉宇间的凝云，终抵不过时光的悱恻。当再次轻轻推开那扇往事的门，已看不清最初的模样。

光阴褪去了回忆的颜色，岁月黯淡了故事光泽。那个叫作人生的季节，扯着岁月飞扬的衣角，穿行疲惫，漫无边际地跋涉。寻寻觅觅，磕磕碰碰，任凭平仄的诗句惊艳了似水流年，心却无法在尘世的喧嚣中安然。隔着岁月的彼岸，只有落花的声音，轻柔地叩响回家的门。

静静地坐在年轮的角落里，让暗夜里的窃窃私语落入我的心怀，铺满心弦，把过往的深情，淡入我的眉间，唤醒了思念。这个秋夜，窗外那些盛开和飘零的花儿，揉碎了夜的温柔，沾满浮生的醉意。在现实的距离里，我的目光和灵魂也变得宽广、纯净。

就让流年多一份执念，就让季风牵着我的手，走出宋词的惆怅，唐诗的迷茫，握住安暖，丰盈岁月渐远的薄凉。就让开在光阴里的那些心绪，静静地开始，渐渐地失忆，从容地走过流年的落寞，拖着漂亮的夕阳。

时光的深处

冬日的暖阳漫过纱帘洒落在我的身上，暖暖的有彩色的光芒。我微微闭上眼睛，享受着这样的时光。让思绪路过你的城池，牵着时光的手，缓缓在文字中行走。聆听铺满整个冬天的思念，缠绵流连成细瘦的忧伤。这一段千山万水的守望，却无法紧紧握住悸动在光阴中的斑驳。

风起叩窗，落叶飞扬。流年的一角，我静静地翻看着书里的时光。年华里如水的惆怅，颠沛了多少记忆，宣纸上句句燃情，为你写尽一纸离殇。执着的文字，步入了年轮，宛如隔世。繁华落尽，尽是沧桑。

一窗寒凉里桂花存香，阳光下拾起秋的素笺，妩媚了红尘，写尽心底的眷恋。我想就这样带着你的温暖，走过这个落寞的冬季，让冬的诗行里，禅念着岁月的善良。

当季节的风拂落一地风景的妖艳，我就在初冬的门楣铺开岁月的长卷，让昨天的故事穿过静水流深如暖阳的明媚。时光深处，为你，低吟浅唱那缕碎碎的念。

如果可以，就这样许我一段老去的时光。半扇窗的青灯墨下，煮茶言字，红袖添香。

如果可以，就让我用柔情填满经年的忧伤，蘸一滴墨香涟韵，沉淀过往，温存有你的时光。

如果可以，就让我在这样清寂的时光里，拾一抹暖意，走过寒凉。让岁月里那些温暖的过往，像花儿一样在指尖温暖绽放。染墨流年，岁月沉香。

老爸老妈

从超市口结账出来的时候，看到老爸满脸笑容地拿着两只袋装的糖葫芦向我和妈妈走来。他笑着站在我们的面前对我和妈妈说："给你们买的糖葫芦。口味不同，不偏向谁，反正也看不到，拿到什么就吃什么的。"看到爸爸认真的样子，我忍不住笑出来。

妈妈站在爸爸的对面，笑得眼泪都出来了。老爸却还是板着脸认真地对她说："不用笑了，你先拿，剩下的给孩子。"妈妈像个孩子一样，看看我再看看爸爸，脸上的笑容就像岁月里一朵花的盛开。温暖，感动。

也许这就是爱情。

没有甜言蜜语，偶尔也会吵吵闹闹。但只要妈妈需要，爸爸一定会在她身边牵着她的手。妈妈的小任性，爸爸的大包容。有时我想妈妈任性的脾气也许就是老爸宠出来的，虽然老爸从不承认。就好像妈妈一边吃着爸爸做的饭菜，一边挑剔。老爸赌气地说："下次你去做。"可一到饭点儿，老爸又一头扎进了厨房。这也许就是世上让人觉得最温暖的爱情，有一个爱你的人吵不散，你也不需要变得坚强。

其实，我想要的爱情也不过如此。当我害怕无助的时候有一双温暖的手紧紧牵住我，就像老爸牵着老妈那样坚定。不需要太多的言语，但让我知道你在我身旁。

前些日子爸爸生病住院。妈妈寸步不离守在身边。老爸抱怨地对我说，妈妈就像复读机翻来覆去地唠叨要他吃药、多吃青菜、喝牛奶……

我笑着对他说：“老爸，这样多好。你不会寂寞了，我听您和妈妈吵架都像说相声。”他们两个看着我竟然不好意思地笑了。

今年，爸妈结婚五十周年。金婚，多么让人羡慕的两个字。一个是心灵手巧温柔的男人，一个是心直口快任性的女人。五十年的风风雨雨，一起走过多少人生坎坷，起伏跌宕，这一路有太多的心酸。他们在平凡的日子里，弹奏着锅碗瓢盆的交响曲。实现了“执子之手，与子偕老”的美丽誓言。或许，人生情字最好的归属，就是有个可以懂自己的人。最温暖的爱情，就是遇一个可以相互包容、欣赏的伴侣。当岁月的皱纹爬上容颜，还可以手牵着手，一扇窗内看世事变迁。当烟火升起，有你，有我，心在，家暖。我赠你双目秋水，岁月静好。你回我左手牵着右手，相濡以沫。愿世间，每一份深情都不被辜负，愿“燕归来，子衿老”你在，我在。

时光葱茏，岁月留香

午后，阳光慵懒，我坐在窗前的秋千上看着风中飘落的玉兰花发呆。那种委婉的叹息、销魂的舞姿，把春天里的盛开和凋零演绎得恰到好处。

推开窗的瞬间，有风拂过耳边，温暖轻柔。空气里萦绕着烟火的暗香，让时光变得平静而安详。季节交替，岁月变迁，还有哪一个季节会像春天一样给人温暖，又带来希望。

早上在论坛上看到沫沫的留言："秋，喜欢你设计的衣裳，更喜欢你的文字。它们走进了我的心里，感觉就像漂泊了好久找到了家。我们有相同的一点，都是一个低温又多愁善感的女子，不同的是我写不出你笔下那么美的文字。"

是啊，尽管我已经很努力了，可笔下的文字依然沾染了一丝忧伤。也许我的身体还蜷缩在冬天，将一颗心沉浸在默然里。人生这张单程的票，有快乐就伴着忧伤。凝眸间，总有一些情愫简约明媚，也会有一些沧桑，划过流年，渐行渐远成笑靥中的逝水沉香。不管怎样，这一路我都会细心收集，悄悄典藏。

一程光阴，一程领悟。我相信岁月里那些牵牵念念，终究会穿越红尘岁月，温软一怀恬淡，抹去眼底的忧伤。

时光葱茏，岁月留香。就算流年里的斑驳光影，用荒芜的姿态相互欺骗，请许我在这样素雅洁净的时光里执一缕墨香，温婉静好岁月。念一场年华的失踪，携心的声音走一程，与风月同行。让往事在岁月里慢慢沉淀，春天深处给心灵一个歇息的地方。此生不问前尘，细数年华别过的长影，让云水禅心的深情，在生命的轮回里悄然绽放。相思丰盈了生命，岁月芬芳了心灵，如水的情怀里每一个灿烂回眸的微笑，都化作了一首雅致的诗，低眉，就是一阕婉约的词。

清浅陌上，我在等四月的风，摇醒十里桃源。听鸟鸣、花笑，用禅意的圆满，书一卷素心淡雅，摹一幅水墨清韵。大地为纸，落花为墨，光阴的深处静静镌刻岁月的模样。

暗夜，我静静地用文字演绎着那份牵念，回忆成为我手中唯一的流年。红尘陌上若有一场遇见，终点一定是每一个牵念的站点。愿此后红尘中的你我被岁月温柔以待，岁月浅浅，我们年华无伤。

回不去的老时光

下雨了。

我听到风和雨嬉闹着轻轻拍打着窗，这久违的声音让心变得越来越柔软。所有的时光，忽然安静下来，却未曾染旧想念的时光。

三月的门楣，摇曳着四季的明媚。郁郁的青藤也在不知不觉中爬满了我的清风篱笆墙，让情长落满了沧桑，让背影辗转了年华。今夜，它们相遇的欢喜在暗夜里明媚了忧伤，寂寞如香。今夜，它们飘荡的舞姿沉淀了惆怅，穿透了时光的墙。

一盏灯下我静静地听它们刻画着千年轮回的缱绻，不知道要用怎样的言语才能祭奠那些不觉就流逝的静好时光。终于，我还是忍不住放下手中的书籍推开了窗。有风吹来，隐隐飘过落花的残香，千丝万缕的情思就这样在雨夜染上了淡淡的忧伤。潜入记忆的回廊，带我走进梦里的故乡。

故居门前的那条小路，我仿佛又看到送别时的模样。眼泪忍不住模糊了双眼，乱了心房。当光阴一分一秒缀成一首纯洁、悠远、缤纷的诗，那些温柔相伴的岁月也成了一种温润的心疼。

有多久文字里不敢提及故乡，可心里的念想日夜疯长。那四合院里的葡萄架，门前的石榴树。檐角古老的风铃还有屋檐下的水缸。千姿百媚的花草依偎着院子里的小鱼池，还有屋后梧桐树的花香。可如今，故乡——你是远方的一处客栈，却牵动着我的心房。

今夜落雨，我寻你在回家的路上……

想念奶奶灯下一针一线为我缝制的衣裳，想念家里粗茶淡饭的香。想念爷爷陪我读书、谈理想，想念洒满阳光的窗下，剪纸的奶奶眼中圣洁、温暖的光芒。

小树林那个扎着羊角辫喜欢捡落叶的小姑娘，屋檐下听着落雨滴答度过的美好时光，再也回不去了，那个沾满阳光温暖的地方。只有流年的风伴我走过沧桑，陪我把一盏茶喝到无味，甜到忧伤。

原谅时光，淡去了从前，却留下了一份永远。光阴的故事在阳光下，被流年的风镌刻成一笺碎碎念，伴着花香细细，只与岁月说禅。那份深深的执念和着生命温柔暖暖的曲调，流转成心田丰沛隽永的诗意，在光阴的长河里纤尘不染，静里，生香。

我的文字，你的影子

过往的故事，越过春暖花开的相许，坠入红尘山水。染了尘念的心境，散了情愿的云烟。一缕相思煮酒，许我素笺浅墨里将灵魂妥帖安放。

——题记

雷电交加的夜就这样过去了，这场雨好像是一场约定，沉淀了不安的情绪。

醒来时，淅淅沥沥的雨滴依然敲打着窗，仿佛是在轻叩内心角落那份难掩的惆怅。那些关于你的词句，悄然泛起在心海，心事就刻满了季节的墙。一纸绸缭的眷念，是雨写就的最美好的时光，等一缕风，温柔地吹过，故事，就在轮回的时光里嫣然绽放。

珠帘外的世界雨丝飞扬，推开窗的瞬间，它像是淘气的孩子和轻柔的风嬉闹着，涌进来打湿了我的衣裳。你说：人生如果可以重来，让我们早一些遇见。你一定会站在离我不远的地方，以风华的姿态等着我的出现。其实我知道，我是你心中那一抹静止的蔚蓝，不舍的牵念。我不说这一生没有如果，是怕疼了你的执念。岁月的埂上，我将你刻入心间，厚厚的光阴里，你给的深情，让我怎能不去怀念？

我就这样静静望着窗外的远方，落雨的声音，如一曲禅音，清泉般缓缓流入我的心房。不问明天，轻轻剪一段过往，穿过蒹葭苍苍，眩晕在六月的烟雨里，任它醉成流动的相思，将心事成茧。一些通灵的文字从我心海泛过，情到深处便汇成了最美的画卷，点缀了烟雨的忧伤，温婉了想念的时光。在词笺的墨香里深情回眸，故事又朦胧成当初最美的样子。那些感动曾经温暖了谁的双眸？又模糊了谁的视线？谁又为谁将爱折成经卷，把痴墨泼于山水间？

时间的沙漏沉淀着无法逃离的过往，流年在回忆中静静流淌。我轻轻摊开时光的掌纹，用记忆的双手捧起那些明媚的忧伤。一种想念便带着浅浅的惆怅，跌落在光阴的脚步里，淡淡的殇、轻轻的叹息，掠过拈花含笑，留下烟云般淡淡的褶痕，将一份美丽的忧伤婉约成一道别样的风景。我用年华做笔，祈你一生安暖。红尘中不后悔这一场遇见，不遗憾为你一世情牵。

张开寂寞如花的念，这是一场寂寥的盛宴，是摇落了繁华后的一株葳蕤，是红尘深处一份深深的懂得，是流年里一份最真的牵念。它让遇见在光阴深处落地成花，它让心事在独守的时光里安静绽放。它让你的影子行走在我清浅的文字里，它让你的微笑温暖了心底的薄凉。这一季，你执着地走过我的诗行，记忆的埂上便散落了花瓣的馨香。那些关于你讲的故事，还有一起看过的风景，自此都会在彼此的脑海里。它牵引着一眸迷离，让唇间的宁静随着浅笑淡静了一笔轻喟。我的文字，你的影子，怎会不重叠在岁月的书签？

我，就这样坐在记忆的时光里。把眼神捻成一根长长的线，透过烟雨朦胧的天，一直延伸，延伸到有你的彼岸。不为别的，只想在云卷云舒中留一个安然的角落，把时光凝集成你微笑的模样。写着岁月静好，品味沧海桑田。看如水的光阴，在沉默中越走越远。在繁华的回忆里，抒写着那一场转角的遇见。

流年清浅，是谁浅唱了我一季的思念？又落寞了一季的惆怅？当风掠过记忆的斑驳，那些深情的凝望，在季节的轮回中，把思念折成了翅膀。迷离的眼眸，穿过青烟缭绕的雨幕，牵着思绪悄然滑落。那些低眉嫣然和你温暖的微笑，原来一直未曾走远，就在身旁。

落笔间，那一抹眷恋，渗透在指尖，书写了一段沾满浓情墨意的书签。如若，我们不曾遇见，记忆的风怎么会像一滴晶莹剔透的泪，渗入如兰的情怀，折叠了思念。如若，我们不曾遇见，怎会一往情深泼墨山水幽巷深处，呢喃于芬芳的字里行间。

六月的门楣，捻一缕花香，煎雨入茶，清风执笔，细雨为墨，为你写一世情牵。恍惚中，春天的脚步渐远，浅夏已姗姗而来。隔着天涯的距离，它把一种想念灿烂成心中的暖。

你看，六月的蔷薇花又开满了墙，带我走进静如湖泊的时光。深深的年华里，散落我清浅的文字，清风煮雨的日子里，把念想浅浅隐藏在忧伤的眉宇间。岁月楚楚，流年寂寂。它在风雨中婉约了谁的心事？又润了谁的眼？让一颗安恬的心在绵绵的烟雨里千回百转。跌落在红尘里的流年，用墨的矜持把你的名字篆刻，落于素白的纸笺。素语浅浅，笔墨淡淡，纸短情长，怎写得下似水流年？经年之后，当你再翻阅我的文字，是否也会从我的诗行里，读懂我落花成溪的伤和深深浅浅的念？

村上春树说：对相爱的人来说，对方的心才是最好的房子。确实如此，其实我们一直苦苦寻求的不过是一处将自己的心妥帖安放的地方。你在，即便不说话，也是安暖。这份安暖，便是我们所期待温馨的港湾。

细雨敲窗，风住留香。携一场花雨与明媚的春道别，把淡淡的思绪，栖息成蝶。在想你的时光里氤氲一抹柔情，缱绻一份回忆，淡看流年的诗意葱茏，寄予天涯两端。

时光的门楣，将心事搁浅。听一听你喜欢的歌，守一份初见的缘。行走在时光的流影里，用缱绻的情丝舒展笔端绕指的温柔，将喜怒哀乐化为清浅的文字，装点于岁月，给心灵找一个停靠的港湾。轻轻推开季节的轩窗，在思念的渡口，守一份执念温暖心房。让那些曾感动你我的诗句，沁润落寞的情怀，装点温柔的时光。当尘埃落定，持一颗素净的心，轻倚季节的转角，看流年的风轻轻吹过，等下一季花开，红尘陌上，再和你邂逅在最美的时光。

陌上花开，我等你来

时光是一朵暗香弥漫的小花，在三月轻盈的脚步里，拥着暖暖的风延伸着迁徙的光影，在陌上惬意地轻轻歌唱。

我，就这样安静地坐在时光的门楣，静听一朵花开在窗外的风里。等一场细雨涤荡窗棂的尘，洗去眉宇间的忧伤，好重新鼓起勇气把恬淡的日子梳理成经年的诗行。

暗夜，泛开心扉那些深深浅浅的记忆，就像晨曦的阳光丝丝缕缕透过珠帘的缝隙，洒落一地的碎影斑斓，在时光中酝酿成香。那些遗落在枫红里的念想，深深浅浅，明媚也好，忧伤也罢，早已住进我笔下的素笺。它们伴我一程山水，洗去铅华，共醉一场。它们温婉了心中的一帘幽梦，用眷恋在素色流年里抒写着一场最美的相遇。那些来不及挽留的过往，已成诗意的咏叹。趁春光正好，许自己一个清简的前尘，不与流年诉离殇。

不眠的窗前挡不住窗外已洒满的春意，月华下光阴的余香在空气里弥漫，让无数心事牵着缱绻的情思在暗夜里流淌，浸满墨香的笔，为月光如水，再书一世情长。

季节向暖，花事未央。春天已用盛开的语言，伸出温暖的双手，托起浅浅的馨香。眷恋里升起了一波微澜，不经意的一个回眸，就醉在这个夜晚温柔的朦胧里。静静享受着静好时光的安然恬静，任岁月荏苒拂去沧桑。剪一段温馨的记忆与你对坐在温柔的时光里，看一地桃红缤纷的暖意，念红尘深处和你的相遇。欲语还休，婉转了心事，也惊艳了三月里的桃红柳绿。

提笔为想，落笔为念，是谁许那些过往的故事揉进了风烟的梦里？轮回的季节，温婉了流年也坚守着执念。就让三月的春风尘封所有的忧伤，让日子一半欢喜，一半添香。

陌上花开，我等你来，翻一纸温柔，许我一场春的宿醉。寂静的流年里，卸下满身的疲惫，一盏灯下低眉浅笑，我躲在文字里折香。

想你在春天里

春天的暖阳里，秋天里写的诗句，已长满了青苔。清风敲窗，素笺一笔，把期许放入岁月如梭的年轮，延续着呼啸而过的牵念。山水一程，在三月的风中定格成温婉的风景。掂起淡淡素心的羞涩，挽一缕微风柔情，在素色光阴里让执着的念想在纸上缱绻。

时光静好，茶香袅袅。季节的转角我安静地用一怀柔情，读花开的虔诚。一缕相思，写入无眠的诗卷，在岁月的光影里，暖一场笔墨心房。

温一盏清茗，蘸一滴墨香，指尖上的光阴，温暖了匆忙孤寂的岁月，明媚了流年里的故事。让心底的念想，绽放成一树花香，把风花雪月写意成一抹宁静的温婉。这个花事摇曳的春天，渲染了如水的年华，潋滟了细碎的时光，给冬眠的心悄悄插上天使的翅膀。

就这样捻一份相惜的暖意，在等你的季节里徘徊。盈一抹如莲的心事，时光的渡口，借三月的春风把眉宇间的哀怨深藏。蘸墨落笔，续写流年，你走进我的诗行。你可看到，在有你的时光里我微笑着拾拣素年锦时的暖香。岁月的花朵醉了欢喜，暖了心房。

就让我在月华下为你剪一段没有伤的过往，任凭旧时光用一段段诗意的美，在薄薄的纸上写下不悔。让承诺在风里轮回，让那些没有遗落在风里的念想依然安静生长，暖暖的在心中绽放。

你看，即使我一直躲在季节的风景里听微风漫吟，看静水深流，将一抹淡淡的忧伤写进飘雪、落雨的诗行。淡淡的相思还是温润了眼眸，让掌心的记忆中溢满初遇的芬芳。

你用一朵花开的时光，让我见证了整个春天。我许你静静地居住在我的心底，在满含墨香的岁月里，相守在红尘清浅的路上。

三月，想你在春天里。

我们渐渐老去的爸妈

长廊下的阳光有点迷人。那些被春雪覆盖的迎春花，温暖了岁月的萧瑟，捻起了欢乐的韶华。让一颗褪尽尘埃的灵魂，在素色的土壤里，守一颗感恩的心温暖着岁月里的沧桑。

这个初春的午后，生命中的那些感动，就这样静静地看着春雪伴着花香，寒冷伴着暖阳，孕育着生命中的坚强。

刚刚走出家门的那一刻，那种揪心的疼和心酸的感觉，让我从心底感到疲惫。朦胧的泪光里都是爸妈老去的面孔和不再挺拔的腰身。在我们感叹着自己已不再年轻，对岁月荏苒彷徨不已时，有没有发现我们的父母又老了很多。看着他们缓慢挪动的身影会不会大吃一惊，他们何时变得这样老迈了？岁月不经意就带走了他们美好的年华，留给他们的是渐渐老去的凄凉和孤单。他们为了子女付出了所有，可我们又曾为父母做了些什么？

当我们无私地把所有的爱和精力给了自己的儿女，当我们一遍又一遍地对他们说着："宝贝，我爱你。"这一刻你有没有想起过，多年前那个像你爱着你的宝贝一样，爱着你的爸妈？

我们长大了，有了自己的家。他们变老了，像孩子一样盼着你多陪陪他们，说说心里话。什么话题都已经不重要，重要的是有你在他们的身边陪伴着，脸上褶皱的笑容就是满足的花。也许我们这一生想要的、追寻的还有很多，可在爸妈的心里我们就是他们想要的唯一，他们的全天下。

百忙之中，停下来回头看看吧。曾经他们也是我们的唯一，眼里的全天下。可从什么时候开始，他们连对我们说话都会小心翼翼，怕看到或听到我们脸上或语气里的不耐烦。也许以后的日子他们会唠唠叨叨，前言不搭后语。也许他们吃饭漏嘴，会把汤菜弄在衣服上，也许再吃到爸妈做的饭菜不是咸了就是淡了，没有从前的味道可口了。请一定要耐心，像他们爱我们一样的好好爱他们，千万别让无意中的言语使他们受到伤害。想一想他们是怎样把我们带大，想一想这不可口的饭菜里承载着他们多少厚重的爱。

“树欲静而风不止，子欲养而亲不待”，当我再看到这话时心中万千感慨。庆幸的是岁月没有让我错过在成长、理解中改变。

因为年幼的我一直是爷爷奶奶带大，距离的隔阂让我在心里对他们总有一些不经意的疏远。不是心里不渴望那种被父母宠爱的温暖，只是心底还有一道跨不过的障碍和羞涩。我也曾带着这样矛盾的心情在红尘中彷徨，可至少是爸妈把我带到了这个世界，给了我发肤之身，这样的恩情我今生已无法回报。

“人孰能不老，百事当以孝为先”。爱，就别等太久。我不想做让自己后悔的事情，不想在他们需要的时候，总是缺席。或许爸妈一直在等的也是当年他们对我们说过的那句话：“我爱你”。或许爸妈在等的只是和孩子们在一起欢欢喜喜吃顿饭……

岁月的长河里，我只祈祷时光别走得匆匆忙忙，我还有很多很多的心愿没有完成，我还有很多很多的爱要给他们。我还想带他们山一程水一路去看那些美丽的风景，我还想牵着他们的手去很多他们想去，却没有机会去的地方，体验一种新的生活。也许他们的脚步不如从前那么稳健，也许一路上走得缓慢，容易疲惫。没关系，亲爱的爸爸、妈妈。我们就这样牵着手慢慢走，就像曾经你们也这样牵着我的手。

等落雨的诗笺

一句岁月静好，温柔了多少时光，又唯美了多少过往?

当季节的手悄悄地拉开了春的帷幕，我像个忐忑不安的孩子，站在冬的边缘，迟疑着不敢慢出脚步。

有渴望也有迷茫。

你说，只要我微笑着走进春天，春天里就没有忧伤。阳光，是温暖的，风，是温柔的。山是充满生机的，小溪是欢愉的。花儿是微笑的，鸟儿是欢畅的。

于是，我的心里又燃起了希望，渴望那久违的温暖。或许，因为我骨子里原本就不是一个明媚的人，心底，总有淡淡的惆怅和忧伤。为生命中的生死离别，为生活中的起起落落，太在乎生命中的那些过往，走不出故事里的忧伤。于是，时光的影子里我学会用表面上的坚强，掩盖了内心的脆落。渐渐习惯了在夜的寂静中，用文字释怀，用墨香沉淀纷乱的心情。

倚着光阴的门扉，我在岁月的素笺上，用真情书写着生命的冷暖，也书写着光阴情长。红尘深处，我也曾努力踮起脚尖用希望的笔，把生活中的缺憾画圆。可一场花开的邂逅，一场花落的别离，浅笔深藏，还是在感叹中凝重了忧伤。

当流年的风轻轻拂过脸颊，我躲在灯影处等落雨的诗笺。盼春雨吻醒大地，等桃花灼灼如诗如画。就让风雨荡涤这一路的尘埃，唤醒所有对美好的渴望。就让心穿越红尘，光阴深处，婉约一份清雅，默守一份安然。就让人生，因岁月而明媚，就让岁月，因淡然而静美。

在最好的时光里和你相约

八月，我素色的年华，在笔下浅浅的文字里妩媚。

有一种想念，穿过捻花的指尖，心香一瓣掀起柔情细语。它让熏风里开满了思念，让字里行间的馨香缥缈温良的暖。我知道，那些挥之不去的美好，一路芬芳，都将是岁月深处的丰盈。

时间，涂抹了岁月的容颜，斑白了鬓角的发线。庆幸，洗去华铅，岁月深处的我，依然还是那个为一片云朵感动，为一片落花感伤，笑为落花写意，淡为流水泼墨的女子。越过风雨，优雅生活。依然如兰般出尘，仿若不食人间烟火般的安然。时光中的那些水墨情韵，雅致了一段别样的年华，丰染了一季墨香的眷恋。

今夜，我又在有你的故事里驻足，撷取素色光阴里的淡淡余香，回眸经年，染了笑意的眉眼。一如从前，温暖如念，明媚如兰。一抹流光疏影的诗意里任牵念在缱绻缜密的心思间，开出一份荷的素雅，让红尘陌上的相逢如缱绻的诗行，在云水深处，嫣然盛放。许淡淡的芬芳染香了时光，染香了裙袂。

我就这样安静地坐在窗前，用一抹深情洗净染满沧桑的笔，写满城烟雨，只想挽留岁月的痕迹。让一份眷恋，染香一怀温润的情怀，充满出尘的清欢。流水泼墨，润八月花香，把流年里那场最美的遇见，用素笺的纸和笔，写在记忆的思绪里。让心底那一缕浅浅的念，越过轮回的平淡，羽化成蝶，生出刻骨的柔情。

雨夜，写一笺荷色小楷，玲珑的心篱就涌起了淡淡的忧伤。拨开雨丝卷起的珠帘，一不小心就潮湿了眼眸，落入我笔下的淡淡的诗行。它以婉约的情愫题成一首绝句，缠绵在静谧的夜里。只祈浅淡的光阴里让我陪你看流年碾过尘埃，不疏不离。或许我们不说再见，一直一直这样遇见。

听，风在窗外低语。这场久违的雨从天际飘来，润泽着土地渴望已久的情怀。岁月，就像光阴里的一支笔，浅墨静开，便满城馨香。如果有一天，流水静止时间定格，愿我们依然会记得相遇时的那份淡然、从容，燃尽往事，眷念时，还能微笑着给时光一个浅浅的回眸，温暖流年里所有的落寞。

风划过岁月的脚步，一朵牵念的诗句，借着雨夜掸去风尘，一半入了心灵的泥土，一半入了氤氲的岁月。远去的光阴里，深情地回望，那些流年里的温暖，情染绽放在记忆的城池。每一段故事都会苍老，我们何必辜负盛世华年？就让我们将光阴走过洒落的芬芳一一捡拾、珍藏。看清浅红尘，安暖如昔。拥一份宁静温婉，盈一抹巧笑嫣然，执笔清欢，泼洒季节酝酿的墨香。深情的笔下，唯愿故事里的我们一直安好！

陪你笑看流年

轻轻地叩开时光的大门，昨天的故事，用最深的情怀低低吟唱，如水的月光下，摇曳着一个人的过往。让那段尘封的记忆，如一粒尘埃在毫无空隙的心中飘荡。

就这样看记忆的杯盏里落满了惆怅，任思绪恣意游走，掠过苍茫的时光。一砚浓墨，缱绻天涯，深刻了无言的牵念。回眸素水流年里，循着文字的馨香，一阕词，吟尽了多少千回百转？

红尘如梦，花落是诗，点缀季节长长的画卷。以一抹浅笑嫣然的姿态，轻轻弹开心间飘落的尘埃，你可看到，像今夜的月光又盛满了思念。你在时光的那端，把光阴的故事涂抹成静好岁月的不朽传奇，我在时光的这端，风雨中折碎了几重花语？

夜风轻起，吹皱了心事。星光旖旎处，推开记忆虚掩的门楣，看到昨天的你。写下你笑颜倾城的相思，根植着坚守的柔软，一场久违的心灵之旅，让心灵回归内心最初的宁静，温暖，沉淀成心底最柔软的思念。一份缱绻，蔓延在心间，挥走丁香的惆怅，碾碎尘世的孤寂。

感知一季花开的眷恋，品一杯尘寰俗世的苦酸。剪一段流年最美的时光，握着一路相随的暖。纤手持笔，墨一世深情入驻你的双眸，给心底铺上那一季柔软的记忆。时光轻轻，岁月冉冉，走过千山万水，踏遍红尘驿站，陪你笑看流年。

行走在安静的时光里——邂逅濯水

梦的边缘，心的呢喃，演绎着岁月里前世的缘。细雨廊桥，落寞成殇，倾城邂逅的旧青石板。那些清晰又遥远的感动与温暖，潮湿了心绪，带着浅浅淡淡的思念，锦瑟华年里轻叹。

今夜，我将那份深情藏于笔笺深处，却无法还原当年。我带着有你的记忆，越过时间的长廊，剪一段岁月的锦瑟，寄放我许下的千年心愿。仿佛看到词阕间墨染行走的前尘画卷。

红尘里有一种遇见，没有惊艳的开场，华丽的告白，却醉入眼眸，拂去了疲倦的容颜。是怎样的一种情愫，隔着万水千山翩然成纸上易伤的念。又是怎样的深情，信手低眉间定格成了永恒，深婉绵延成爱，煮就了一生流年似水的牵念。

古巷的深处，那一段美好的时光，我用沧桑的笔调，写老了曾经的芳菲，也画旧了你的容颜。临摹的回忆，它们在我无法触及的昔年，像隔世？却镶嵌着无尽的思念。

月华下洒落的情丝，继续敲打着瘦了的流年。念古镇那一抹秋水摆渡的所有风尘与欢颜，无法逆转的时光，已刻下彼此珍惜的情缘，岁月碾过宋词的韵脚，痛了的不仅是期盼。看疏影斜逸入窗，映着闲置的书卷，在落寞的文字间行走，写满尘世安然。

再忆，斜风细雨的长廊，古老的石阶，那些匆匆的过往。浅语难画旧时卷，听岁月深处尽情吟唱。闻风中花影清香，是谁的心里留下了浅浅的忧伤？风尘起，珠帘卷，来不及抬眸的双眼，绕着夜色织出一方素笺。一笔一笔，书尽心暖，吟遍清欢，隐藏起惆怅。

如果时间可以停止，就让它停止在你望我的那一瞬间，那一刻，你在我缱绻的目光里写成了永恒眷恋。就让那些碎碎念念，浅浅淡淡，翻越千山万水，走过日升月落。经年后，在沉香的诗行里泛着如兰的气息，行走在安静的时光里，执笔半生流离，墨染天下为你。

时光不旧，爱染流年

洁白的雪花从天而降，为季节匆忙的留白里填写了冬天密集的诗行。它旋舞着在苍茫中绽放了一树银花，演绎着一个晶莹剔透的故事，把季节的沧桑出售给了冬天。

这个冬天，关于那个遇见的故事，我该怎样落笔，让一笺浓墨写就心语，缠绵一季相思一季深情。

挂在眉梢的那一缕忧伤，执着地流露出一份彷徨。它将一纸款款深情，缱绻在唐诗宋词里，宛韵成一篇诗章，放任它在红尘阡陌缓缓流淌。光阴的故事，深锁重门，岁月的门楣，我浅浅微笑着看寒梅独放。

在越走越远的时光里，昨天像一场飘雪的故事延续着深秋寂静的心语，让淡淡的念想静静地栖息在灵魂的深处。偶尔想起，低眉浅笑。让相遇和离别的缘转身遇见最安妥的自己。

这个素雪纷飞的日子里，当爱与时光轻落纸笺，纸上流年便有了生命的颜色。它暖了冬，融了雪，笑醒了沉睡的春天。隔着一笺水墨，我们细数经年细碎的光阴。故事就轻轻地踩着一地的温暖缓缓而来，任秋天的色彩在寒冬的眼眸里斑斓。

落雪，纤尘，不染。静里，生香、安暖。

我安静地坐在窗前的秋千里，静静地看冬雪翩翩。温一盏清茶，伴落雪飞洒。赏一曲清音，线绕指间。就让匆忙的时光在茶香中放慢脚步，卸下尘世间的疲惫。就让生命中的那些温暖，深深印在心底，且香韵犹存。这一季，心底的爱在生命的轮回中肆意沉沦，与流年缠绵。

左手烟火，右手流年。长长的岁月里，依着文字的馨香，将思念摇曳成笔笺的曼妙。灯火阑珊处，我愿陪你把光阴写老，把年华耗尽。让一路上的点点滴滴都沾满阳光的温暖，渗透繁华过后的平淡。

时光不旧，爱染流年。祝我生日快乐，祝你流年安暖。

红袖添香话桑麻

清晨唤醒朦胧的眼眸，窗外已变成了童话的世界。一切都还原了本色。山瘦了，不再葱茏，没有了盛装。水收了，躲在了冰的下面，不再波涛汹涌地奔跑，变成了细水长流。人，静了。删繁就简地放满脚步，在薄凉的季节里更懂得珍惜阳光的温暖。

2016 年的第一场雪，虽然没有那么大，却给落寞的冬天带来了生机，给梦插上了翅膀。这个季节里没有了往日的姹紫嫣红，它却用简单的线条，勾勒出一幅洁白的画。窗外的世界变得纯洁通透。这场落雪不经意就把过往的那些心心念念，写意成了流年里最温柔的寻常。碾过尘埃，你浅浅的话语，依然在温婉与静好中浅吟低唱。

我就这样安静地坐在窗前，听时光簌簌，万物寂静。仿佛每一朵雪花里都藏着我安静的模样。你可知道风里有念，你就在我心上眉间，满纸素色便开成温和的暖。听风缱绻，看花呢喃，故事在寒冷的日子里轻轻踩着暖暖的时光，路过我柔软的心田。一路拾捡，将时光折成了经卷，一些素年，早已越过万水千山，其实我只想在细碎的光阴里让自己做一个温暖的归客。

在落雪的日子里素心执笔，携一份清浅，用暖暖的文字把最美好的时光，刻满岁月的轩窗。时光不语，兀自馨暖。那段属于我们的岁月，在墨香里轻轻舒展，如水的情怀，在静谧的光阴里清婉。陌上，再遇见文字里的另一个自己不再孤单。你看，她浅浅的笑着在如诗的时光里，演绎世间万物不可抗拒的美丽，葱茏着一束馨香铭心的暖。你看，她恋着深秋的寂静安然，摇曳着红尘深处的冷暖。在那个秋天的路口，一个回眸，浓了眷恋，醉了流年。在那个秋天的路口收不回的思绪，是因为秋天适合想念。那一场秋雨、一场落叶，那一地醉了眼眸，疼了心扉的落花，来不及叹息，来不及怀念。只见风和叶已深情地相拥在初冬的暖阳里，和最美的风景拥抱再别离，画出了温度的弧线。

它醉了眼，淡了心境，浓了情怀，却苍凉了一眼落寞。你可知道，被冷风吹皱了的光阴里，尘埃落处，是那些无法拾捡的岁月，一直在等流年的风从陌上走过。等它歌一程，诗一路，过往就沉淀成了诗的模样，忧伤散尽，明媚依然。

趁落雪静美，时光安暖，推开心扉的窗棂煮字研磨，素心淡笺。我只想用心把散落在记忆深处的文字描摹成一朵朵花开的模样，搁浅在流年里，也素描半生的悲喜。就这样任冬的风韵、圣洁，在眉宇间落下，让我们路过的岁月里留下欢喜。落雪为念，风月无边，我依在季节的门楣等你，等你来红袖添香，话一场桑麻。等你风一样走进我琉璃的诗行，让清寂的岁月行囊里，装满有你所有的时光。

等陌上你来，将时光深爱

电话一直在响，我从昏沉的睡意中醒来。昏暗的房间里让我无法辨别这究竟是天还没有亮？还是傍晚？

小熊说他的城市在下雪，天忽然变冷了。我闭着眼睛回应说："我的城市也在下雪，整个屋顶都变成了白色，有点像童话的世界。"

"那你吃过午饭可以去踏雪了……"

"午饭？是中午了？"这下是真的醒了。

"你等一下，我去看看。"我迫不及待地赤着脚跑到窗边。窗外并没有我说的童话世界，飘着细雨的冬季，没有了秋天里的浪漫。

"说话啊，怎么了？"

"我的城市在下雨，原来是我的梦里下雪了。"我有点失落地说。

"总之是你喜欢的天气。照顾好自己，先去吃饭。注意保暖，别让感冒加重了。"

"哦"，我淡淡回应着。心里却忽然有些伤感。

挂了电话我裹着毛毯坐在飘窗上，看窗外细雨飞扬，伴如蝶的叶在风中摇摆。秋，已匆匆离开，脚步里没有了眷恋和期待。

流年的门楣，究竟遗落了多少红尘情未了？让那些藏在光阴缝隙的章节，在初冬被飞舞的落叶染红了情怀。

柔软的时光里，我静静地看一场落叶与红尘握手言和。裹满牵念的旋律里，让陌上秋凉冬来掠过眉宇间淡淡的忧伤。那些或深，或浅的痕迹，穿越红尘，水墨飞扬。缱绻了如水的温柔，在我孤单的时候给我贴心的暖。

若可，请许我遁入红尘，执一缕菩提，静听梵音。若可，待繁华落尽，让思绪飘落一地的安然静谧，听冬的脚步书写时光的痕。我相信水墨丹青挥散下的缘起，会是经年里一别最美的想起。它会把我们的故事滋润成浅浅的诗行，让思绪飘过天际在茫茫夜色中延伸到有你的地方。一路寻找，一路收藏，尘封的往事，在岁月里越久越醇香。

季节匆匆忙忙，我在一盏灯下，把全部的思念写满字里行间。就这样守着简简单单的日子，用我的执着，轻轻叩响你的心窗，一场美丽的相逢，将想念写成葱茏的模样。

窗外，一片烟雨迷离，不远处灯火璀璨，那是季节涂上的诗意临摹的画卷。半盏茶香伴着一份恬淡，守一份清寂，静静倾听季节里无声的召唤。就让灵犀的心在静谧中感受情深意长；就让笔下那些散落的文字，唤起心底的感动温暖着流年。续一份天长，暖一份地久，即使岁月在花开花落间染上了薄凉，我依然愿意相信，梦若盛开，爱便倾城。我依然愿意，等陌上你来，将时光深爱。

素心煮字，清婉流年

暗夜的风推窗而入，拥着微微的凉意。

你终于来，我一直都在等你。那一季的相遇有酸涩的痛楚也有浅笑欢喜，无论你走了多远，都一直住在我的心里。

当秋的气息渐浓，当岁月划过的痕迹点点滴滴轻舞在深秋的季节里，多情的风就撩起温柔的记忆，隐匿在时光的缝隙里。

我终于等到你，你带着依依不舍的眼神落在我的掌心，手心的温度给了你最后的温暖。淡淡的相聚，淡淡的别离，每一个平凡的日子在渐行渐远中留下了一份美好的回忆。站在时间的边缘，听风起的声音，看如蝶落叶纷飞，终不能被岁月妥帖地收藏，心底徒生一些感叹。那些静如秋水的文字，纤尘不然，不翘首期盼，只静默相向。就像一段感情里，不惊不扰，你依然是植入骨髓的想念。念起，有淡淡的清愁，也浅浅的欢喜。

落笔与岁月相伴，眷念依然。迷离的夜让笔下的文字和许下的诺言在慌张中失散。划过掌心的时光里，我认真地拼凑着一个完美的昨天。你可看到任凭思念在心海里涤荡，我在秋天深处静静抒写一路曾经的缱绻。那份惦念在我的世界里演绎着恒久的地老天荒，留一笺深情的文字在岁月里写成时光万卷的诗意。

当故事随着时间渐渐沉淀，时光深处一盏禅茶平淡了流年里的聚散。不问谁的忧伤染了谁的眉间，花开花落的流年，风风雨雨的陌上，你都是我心底倾城的温暖。有生之年能遇见你，已花光了我所有的运气。

红尘陌上，心淡如莲，我微笑着将你来过的痕迹，停留在最温暖的那一刻，在繁花落尽处将心事折叠成思念。一场秋雨打湿了双眼，时过境迁后，我学会在季节的转角处沁暖安然。

今夜就借一缕秋风，敲开寂静的门扉，让深情在花开花落间渲染。为一场落花的香，也为那一份知遇的暖。在这个色彩斑斓的季节里，故事，洇染了夜的深邃，摇曳着淡淡的清欢。

今夜就借一缕风，抚平紧锁的愁眉，静静地聆听记忆躲在文字的后面与灵魂对白。那份蚀心的懂得，是情感与灵魂的交融，一段静好的时光里，落笔为你写下最美的情书，落址，是你心的深处。捻一指花香，许一世情长。

用灵魂聆听秋天的诗句，爱在季节里是一曲深情与眷恋的吟唱。

这一刻在时光的倒影里，我放纵思念把一纸素锦染尽在指尖流淌。穿过时光的蒹葭，残留的记忆，渲染了秋色，把心事隐藏。那些惊艳了尘世的时光，在红尘的画卷里，散发着玫瑰花的香。

生命如水穿尘，我们都会珍惜一份不期而遇的暖。一段琉璃的时光，就那么不经意将一些如莲的心绪安置在轮回的诗章里。牵着一缕深情，隔着一纸红尘，融入淡淡的文字里。掠过岁月的痕迹，这场灵魂的相遇，以柔情万般的美丽与光阴里的安静相伴相依。

风起，我走进秋天的深处等你。你可看到剪影下那些旷世温柔，在心湖之间潋滟。走遍万水千山，一份懂得让彼此相牵，在重重叠叠守望的迷醉里，请许我素心煮字，陪你清婉流年。

陌上花开，爱染流年

“我没有很刻意去想你，因为我知道，遇到了就应该感恩，路过了就需要释怀。我只是在很多很多的小瞬间，想起你。比如一部电影，一首歌，一句歌词，一条马路和无数个闭上眼睛的瞬间。”

——张小娴

细雨飞扬的古镇，只看了一眼就已经爱上了它。此时站在四方街的街头思绪万千，千回百转的梦里曾经多少次和它不期而遇。

丽江，它在我的心里是一个梦，是一场旷日持久的爱情。丽江，它在我的梦里是一个符号，我却说不清楚它究竟代表着什么。

丽江，这个重新点燃我梦想的地方，我要用怎样的文字去写下你的美？那些不经意的瞬间，那些不经意的回望，你就毫无防备地闯入了我的灵魂深处，住在了我的心底。你带着春的温润，秋的妩媚。你带着夏的热情，冬的纯洁。那种低调的美让我沉醉。

在这里每一处惬意的角落，都能收获一份没有匆忙的宁静。在这里有古朴的美，也有避世的安然。在这里听见繁华，找到宁静。在这里。你总能收获一份简单纯真的快乐。在这里可以不经意就

找到适合自己的小情绪。

置身于美丽的古城，它会给你的感觉附上一层朦胧的纱，任凭记忆的碎片在时光里轻轻打转。它唤醒的不仅仅是你心底的柔情，更是你心灵深处那个埋葬的自己。

我,就这样走在雨里。看青石板路的沧桑让故事变得迷离。我,就这样撑一把雨伞，静静地听雨滴呢喃和叹息。

你看，那一条伸向远方的青石板路，无处不在的小桥流水人家。总有写不出的诗情画意，藏着古老又悠长的故事。

你听，不远处的酒吧、咖啡屋或是茶楼都有歌手在为你浅唱低吟。当东巴鼓手忘我地唱着情歌，你又想起了心里牵挂的谁。

在这片美丽神秘的土地上，曾经有多少人为躲避城市的喧嚣来到这里。他们带着只有自己知道的故事让肆意张扬的青春，化为几杯愁绪、洗尽纤尘找到迷失的自己。

大水车附近角落里，我安静地看人来人往。一样匆忙的脚步，却写着不一样深情的故事。雨中走过一个个像丁香花的姑娘，试问油纸伞下的爱情故事在指缝缠绕间，惊艳了谁的时光？蓝天亲吻着白云又撩起了谁心底的伤？红尘陌上的那些执着伴着经年里的叹息，早在不经意把许愿铃上的心愿烙在心中最柔软的地方。

这场雨让思绪迷离。这场雨湿了青石板，醉了雨行人。当《一瞬间》的歌声从不远的地方传来，我忍不住迎着它的方向走去……

就在这一瞬间

才发现

你就在我身边

就在这一瞬间

才发现

失去了你的容颜

什么都能忘记

只是你的脸

什么都能改变

请再让我看你一眼

…………

就在这一瞬间

才发现

你就在我身边

就在这一瞬间

才发现

失去了你的容颜

什么都能忘记

只是你的脸

什么都能改变

请再让我看你一眼

什么都能忘记

只是你的脸

什么都能改变

请再让我看你一眼

…………

忽然就想起张小娴的那段话“我没有很刻意去想你，因为我知道，遇到了就应该感恩，路过了就需要释怀。我只是在很多很多的小瞬间，想起你。比如一部电影，一首歌，一句歌词，一条马路和无数个闭上眼睛的瞬间。”

当眼泪纷飞落下，释怀的微笑在嘴角扬起。掬一捧心事，放飞在掌心的岁月里，伴着普洱茶的香气，穿过季节的门楣，在时光的素笺上沾染了岁月的牵挂。

山骨水魄的丽江，一个人的时光，一个人的浅笑安然。不惊艳却入眼，不动人却入心。青石板路上每一个平仄的韵脚，都是一次惊心动魄的遇见。七月的丽江，你是遗落在光阴里的情缘，是刻在心里的惦念。陌上花开，爱染流年。

浅秋碎语

陌上花开，秋已至。

风，悄悄带来了秋的气息，穿过光阴的笺，和着诗香染着眉宇，让流年的故事染上了明媚。我就这样停留在远去的光阴里，在浅秋夜色里，看这场秋雨为我挂起雨帘的迷离。轻轻翻阅着流年这本书，红尘陌上的深情有多少能经得住时光浪沙的冲刷，固守前世今生的约定？又有多少懂得，在山水间诠释生活的悲喜？

那些关于你的文字，如阳光下明媚的忧伤，瘦了岁月，宽了指缝，我却执着在故事中一次次把相遇演绎成红尘的深情。季节的转角驻足凝望，半窗花影，一缕斜阳，伴着浅色的时光，盛开了一树锦瑟的梦想。远了的昨天，不确定的明天，让我学会了在最冷的地方，写温暖的诗行。

温暖我，也温暖你。

当秋天走进我的梦里，当我走在秋天温婉细腻的音符里，我依旧贪恋着你的气息，爱着故事里的你。怀着一份淡淡的情怀，在清宁且温暖的文字里丰盈灵魂。它们让生命中那些相遇和别离不再隔着一个曾经，灯火阑珊处，念与不念，都是深情。

一怀情约，香染了半世浮华，一段柔软的时光，在指尖上浅笔生花。飘洒在岁月里的那些往事，在墨香里沉醉出一朵微笑花，让光阴沾染上了禅意。经年之后我该怎样落笔，斟满你我邂逅相逢的喜悦，又该用怎么样的词句，邀你走进我的诗行？那些刻骨铭心的念想会不会依旧迷离成生命中的轻吟浅唱？

思念在暗夜凝于笔尖，用清澈的心绣一幅秋天的浪漫。泊住秋天的眼眸，摆动别样的风情，如若相念，淡淡恬暖。浅笑凝眸中，是谁在看红尘爱恋暖了一季琉璃万千？那些可以叫作故事的过往，明媚了似水流年，那些相遇后的别离，惆怅了笔墨素笺。

剪一季嫣然，不念风飘雨过。拂一缕沉香，弄得花香满衣。我们在转身后才发现爱对了是爱情，爱错了是青春。我们一直都在红尘陌上期待着一场邂逅荡起的涟漪，等一帘烟雨的轮回，给时光的诗笺，铺满了一地旖旎的芬芳，轻叩沉睡的心房。

我默默地站在窗前，心底有千百种思绪在翩飞。一抹相念在路上，一段情缘如涓涓细流滋润心田。

就让你沿着我温暖的诗句走来，带着秋天的气息住在我的心底。在这个秋天，我已准备好了，迎接你。种下清风、明月，种下爱和希望。在这个秋天，我已准备好了，迎接你。听一场缘分的足音在尘间弥漫，看夕阳落山，彼此相惜为暖。

素色流年，静守安然

季节的暗香，悄悄穿窗，散发着醉人的芬芳。我轻轻地铺开岁月的素笺，用一支素笔续写一份笔端的遇见。时光静好，岁月静染。任一脉温婉的柔软，在一朵花开的时间里舞动灵魂深处的波澜，演绎人生飞花入梦无垠的深爱。我站在红尘之外，一次次回眸，将过往延展成长长的画卷。

掬一缕细密的沉思，将婉约的心事，装订在岁月的素笺上。季节的屋檐下，我在时光的碎片里，遇见另一个自己，她与寂寞牵手，低吻着如水月色里的冰凉。她用一段如诗的风华，绚烂一场相逢的喜悦。在一抹沉香如故的痴念里，一股思绪荡起层层涟漪，让久违的墨香溢满了诗行。

风烟流年里有多少过往在记忆里泛白，思念却在花开叶落的时候卷土重来。我曾看着你的名字渲微笑的色彩，不经意间落入我的尘埃。我在心里默默地为你种下一棵相思树，写下一种静默的情怀，人生的旅途中，总有一段过往，让相遇成就相知的暖。

也许这样的遇见不是最好，它却是生命诗笺上一段最美的留白。衍生出暖眸的阳光，在行走的途中添一把记忆的暖香。它是灵魂的重逢，是岁月洗涤过后的淡然。跌跌撞撞的岁月里，漾开一缕时光的潋滟，独自奔赴一场流年的清欢。

要怎样的遇见才能穿越红尘的雾霾？要怎样的遇见才能不负韶华不负爱？梦里落花三千，只取心香一瓣。

阳光在案，平铺所有的思念。流年轮回的故事里，撰写灵魂深处的那份懂，敲一字许愿，用一生实践，把最美的时光写进我的诗篇。风里有念，念里有暖，所有与开心有关的故事，都源于你的眉端。你扣响的思念，在一寸寸蔓延，不问此生长短，只看你的眼底我的人间。

就让我携一抹暖香，轻轻走过流年。任思绪飞花，伴着那些悲欢在低眉浅笑间放逐成云烟。就算梦里会渗出一缕淡淡的忧伤在眉宇之间，也要学会让它在醒来的微笑里风干成恬淡。

岁月，是过往的沉淀。生命，是一场无法选择的擦肩。风尘世俗里，谁能逃脱得了尘缘？打开记忆的心锁，忧伤滑过心事的微澜，有些薄凉和失望，不经意触动我的心弦，就让我掩一袖沧桑，再被明媚优雅地安放，不再为你唱隔世的忧伤。

见与不见，念起，便是温暖。寻寻觅觅的故事中，我许它在笔下盛放如兰。遇见，素淡而温暖，我用心底的温柔，书一阕笔墨相知的倾城之恋。当阳光透过窗棂涂满希望的色彩，愿时光不老，拈在眉间。

素色流年，静守安然。我愿意先颠沛流离，再遇见温暖如你。

嵌入时光中的深情

已不记得是从什么时候开始，我习惯了静抚笔笺，安于文字眷恋。也不记得从什么时候开始，我爱上了书和咖啡的陪伴。那种安静的唯美让心释怀，那种入股的想念，让心安暖。

那一刻，我可以敞开心扉，可以卸下坚强的伪装。那一刻，我可以流下忍不住的眼泪，做一回真实的自己。那一刻，我可以带着一颗素雅的心行走在阡陌红尘。那一刻，我用心给了文字一份美如蚀骨的情感，并在文字里释怀、感动。

很多时候我就这样在一盏灯下，贪恋着翻开书籍的馨香。

那些文字中点滴的故事落在心间便是温暖。它们让我相信爱情、相信永恒。它们让我期待着美好和真诚。我那么痴迷地爱着它们，虔诚地相信，即使岁月里转身真的是没有尽头，不再相遇。至少在最初的起点，还有你的笑容。即使不经意的转身道别就成了一辈子，至少在某个转角，我还会忆起曾经有你的温暖，那些嵌入时光里的深情已深深融进我的生命里……

在风起的夜，我静静地听着雨敲着窗。那种迫切的声音有点心疼。当委婉的曲子萦绕在房间的每一个角落，当珠帘的叹息陪伴着风，我的世界也渐渐变得安静了。朦胧的灯下，守一卷曲中领悟，缕缕弦音在耳边轻拨，掠过窗轩，它期待着和谁的相遇？

轻轻地敲着键盘，文字从指尖流淌。我只是想用心底最真的情感赋予每个文字静美清馨的灵性，写下那些渐行渐远的青葱往事，写下那些埋藏在心底的故事。写下藤一样的思念，还有丁香花的叹息。

就这样剪一段温馨的时光，许心灵一份安暖。就这样让一颗漂泊心独自走在无人的街头，看蔷薇花吻醒一墙流年的碎影。就这样放任着文字墨染的点滴流年里的心情故事泛滥。就这样写下岁月里那些掩卷难忘的温暖。

当我小心翼翼地推开岁月的门扉，沿着记忆的脉络，回味在流年锦瑟的记忆里。才发现光阴的枝头，依然还有繁华的锦。

于是流年里的我，微笑着站在你的远方，看着那些聚散的缘分，随着静悄而过的光阴而成了一阕清婉耐读的诗词。就忍不住挥动笔墨的思绪，书写一段岁月的朦胧，给生命里曾经的你。

五月，与时光相遇

当四月的风带着落花的伤感，将一季沧桑曼舞。我听到它在春天的深处轻轻地翻阅着季节的故事，伤感地弹奏着一枚落花一生的情缘，转身离去轻轻地叹息。

五月，就在脚下。却不知所措……

我就这样静静地坐在飘窗上，躲在时光的角落里，捧一本喜欢的书默默读，任眉宇间不经意有了蚀骨的清凉。我就这样静静地看着窗外的世界，听一曲喜欢的歌一遍又一遍。走了心，乱了思绪。最后，只好借着月色把迷茫的眼神深深地隐藏……

人生，这场义无反顾的前行，终究要走多少路，才能把一颗心妥帖在素白的时光里？辗转反侧却听到思念在唱歌。那些所谓习惯了的孤独就这样变成了飞花落雨的焦灼。那些不可复制的风景，又怎么舍得我心伤？

流年清浅，遗憾总是在孤寂的时候爬上眉梢，涌上心头。好像在提醒我不是时间淡了心伤，而是它让我习惯了这样的生活。陌上花开，我也曾守候。当落花满地，此情安在？这一世的轮回有多少种完美的预想，也不及现实的苍白。

我好想借一抹阳光，抛开美丽的忧伤。我好想挽一缕暖风，寻找幸福穿过指缝的感觉。静夜里当指尖抖落的文字和着微风吻过的脸颊，它就这样安置了我无根的漂泊。原来爱情的味道不是浓郁的花开，而是淡淡的幽香。原来幸福的感觉不是有多少人会牵挂你，而是你的心底有一个可以去牵挂的人。

那些写在青春过往的诗句，那些相遇的欣喜，那些转身的叹息。在今夜都被风起吹散。我就这样守着窗外有些失落伤感的景色，在一朵花开里安放柔软的时光，让熟悉的老歌相伴一程，让开始和结局都隐去丁香的惆怅。我想如果再见，我会微笑着对你说：嗨，我来这里，是为了与时光的一场相遇，还有时光中的你。

有雨敲窗

有雨敲窗，我从睡梦中醒来。听到不远处隐约传来的钢琴声和孩子的嬉闹声。我闭着眼睛静静享受着这一刻的安逸和美好，心底深处那些已沉睡的文字却忽然变得不安分了。

推开窗，这一季的春暖花开伴着微凉的雨丝落入眼眸。清晨的时光温婉而清寂，风轻轻吹过，就带来了梧桐淡淡的花香，那些过往的故事，被风轻轻撩起，伴着淡淡的忧伤落入眉宇间……

又到了梧桐花开的季节了，那深深的庭院已不知去向。在经年的眼眸里每一缕花事绽放的背后，都隐藏着一缕久远的芬芳。关于岁月，我已不知道如何挽留，又如何放手。关于你我的故事我已不知道如何落笔，又怎样结束。它们曾穿过红尘世俗，相约了一场岁月的美好，它们曾情真意切，婉约了经年里的歌。

你听，那滴答的雨声像不像岁月在唱着不老的情歌？你看，那些散落的花瓣像不像记忆里沉睡的诗行？有雨敲窗，让安静的心忽然生出莫名的惆怅。有雨敲窗，散落的长发要怎样掩盖眼底的迷茫？原来我依然深深眷恋着，在那些满含墨香的时光里，任思绪浅舞天涯。原来我一直习惯了，墨从指尖滑落的那一刻开始，就把心交给淡泊的文字，不问悲欢。

流年无恙，时光辗转。我们一起听岁月的故事在轮回的边缘轻吟浅唱。感谢岁月里那些温暖的时光，感谢经年里那些相遇。故事就算最后变成一种沧桑。我相信我已有足够勇气看它成为生命中的念念不忘。只是时间走得太匆忙，心，还没有来得及和它一起成长。

我就这样在雨里听一场风给予的淡然，我就这样在风里听一场雨赐予的安抚，我就这样在暗夜里用文字温暖相遇的词章，然后和它一起去流浪。在下一个十字路口的转角，我会再一次站在那些美好的回忆里，写一封寄给岁月的信笺，等白发盖过青丝，我在岁月中轻轻读起，相信它依旧是我生命里的温暖。

四月陌上

当春天的恋曲还没有画上句号，夏天的影子已在流光的转角处彷徨。我不知所措地站在岁月的门槛，回叹，时光总是走得太匆忙。有些风景我们还没有来得及去欣赏，有些爱还没有来得及说出口，岁月已辗转而过，只留下那些故事在匆匆的脚步中感叹。

一杯花茶的灯下，翻看着这些年的心情文字，或悲或喜都没有逃脱时光的斑驳。光阴的路口我们也只是过客，最初的心念，如今也不过是婉约了经年的一首老歌。当流年的风抚过父母越来越苍老的皱纹，我已学会了心甘情愿地与岁月握手言和。感谢那些曾经的温暖，也感谢那些忧伤，让我在柴米油盐的平淡中，还有风花雪月的吟唱。

当季节驾驶的车辙从初春碾过，我在低眉婉转处沿着经年的小径回望。那些文字堆砌的诗篇，那些心语轻扣的浪漫，唯美了时光，散发着馨香。我要的人生不只是一个完美结局，我更珍惜的是路上的经历和相遇的欢喜。没有遗憾的人生怎么可以和璀璨并提?

“一生至少该有一次

为了某个人而忘了自己

不求结果

不求同行

不求曾经拥有

甚至不求你爱我

只求在我最美的年华里遇见你”

我想这也许才是最美的相遇。

不曾邀约，却心有灵犀。不远不近，却一直守望。如果最后相遇的是你，晚一些又有什么关系？何必把最美的自己停留在时光里。就让我们以爱的名义，挥霍所有的青春，再优雅地老去，一起回忆经年里不期而遇的温暖。就让我们放下那些已来不及拾捡的时光，相逢在四月的陌上。看书写字，赏花听风，只是不言沧桑。就让我们在四月的风中，泡上一壶春茶，伴流年轮回青春岁月的感觉，疲惫也就循着炊烟回了家……

在薄情的世界里深情地活着

花红柳绿伴着微凉的春风，飘香的咖啡伴着一首深情的老歌，我在这样的午后坐在阳光洒落的咖啡馆里，享受着一段属于自己的时光。也享受着孤寂的美丽。它就像穿过绿叶的风拨动了心弦，悄悄走远却拉长了思念……

既然季节里没有永远的晴天，又怎会有永远的雨季？春天的陌上，我何不只闻花香，不言沧桑？就让心底的忧伤借季节的轮回去邂逅一场樱花雨的美丽。哪怕之后落幕的故事埋藏在一个转身的过往里，我相信它依然会感动着流年里的我。

遇见，曾唯美了多少时光？一个回眸能读懂多少沧桑？终于明白了有些事情是逃避不了的，不管是亲情、友情还是爱情。就好像一场邂逅的美丽也许是散后的忧伤。可当它来的时候我们还是满怀期待的迎接。就算有一天那些情深缘浅的印记带着余温悄然退去，不舍的眼神要残忍的见证它没有羁绊转身。我依然会让心底流淌的文字纠缠在灵魂的指尖上，敲出一朵朵深情的花。祭奠、告别一场未散的繁华。因为我深信它来的时候是满怀情深，因为我深信一眼万年的遇见，也会有触摸不到红尘的温暖。生活原本就没有太多华丽的章节，平平仄仄的流年里，我静守着一季的花开又默送着一季的花落。以别样的静美，妥帖岁月静好的沉香。这个薄情的世界让我学会清水洗心，心素如简。让我懂得要善待相遇的缘分。

“嗨，你要在这个薄情的世界里深情地活着。”我微笑着告诉自己。这个微笑已确定，我心甘情愿用回忆盛装他的天涯。

生命里有太多的不经意。既然我们无法预料下一秒的故事，又何必为难自己。一缕风的温暖，一片落叶的深情。一场雨的浪漫，一朵小花的欢喜。我静静地享受着这样的时光，把忧伤藏在心底。其实很多时候我只是想要一份安暖的陪伴，而那个懂我的你又在哪里？

我轻轻地微笑，落寞在眼底。放下咖啡，依靠在咖啡馆里的秋千里。阳光斜照在我散落的发上，让我真实感觉到时光的游移。我看着窗外的樱花雨，它比盛开的时候更美丽。其实生活是一种姿态，一念之差的选择会改变自己。

我不想用微笑去掩饰悲伤，也不想用坚强掩饰我的柔弱。我喜欢这样真实的自己。或许路有时不在脚下，在心里，只是我还没有遇到懂我的你。

那些错过、那些遇见，让我们谁成了谁过客？谁又是谁的转轮？它们终究会成为我们生命中的温暖，因为生活原本这样——有微笑的抚慰，也有泪水的滋润。

您陪我长大，我陪您变老

从去年开始奔波在两个城市之间，和爸爸妈妈相聚的日子就更少了，相反的是，他们在我心里的位置越来越重了。每次和爸爸妈妈打电话，我都会放下手里的事情，坐下来专心和他们聊聊天，说一说发生在身边有趣的事情。听到妈妈开心地笑，我也笑了，心底却会泛起一种心疼的感动和牵念。我终于明白，有一种感情是根深蒂固无法改变的。

我很少去写有关爸爸妈妈的文字，是因为我一直不知道该用怎样的语言来表达对他们的爱。我只是想竭尽全力地为他们做一切能做的事情，我只是想好好爱他们。

在辗转的流年里，我们分开得太久，错过了太多……

现在的我，每次想到小时候躲在奶奶的身后，逃避爸爸的拥抱，用陌生的眼光看着我最亲的人时，就有一种想哭的冲动。我一直以为受伤的是自己，现在才明白，我也深深伤害了他们。

流年里的风吹老了岁月也解开了心结，我是该说我成熟了，还是老去了呢？

我终于体会到在这个世界上，父母永远是无私的奉献者。他们的爱直到老去都会暖在心里，至今让我内疚的是没有早一些读懂爸爸妈妈的心。

去年的九月，距第一次带妈妈出去旅游相隔一年，我提出带爸爸妈妈一起南下。妈妈开心得像个孩子，满脸的笑意，眼睛里都是期盼。可爸爸犹犹豫豫，一拖再拖，直到临行的日子了，才勉强答应和妈妈一起跟我去。从车站的早餐到三个多小时的动车行程，爸爸妈妈开心地聊着，相互关心着。看到他们那种生怕人海里丢了对方的眼神，我心里暖暖的。如果不是这次的旅行，我怎么会看到这样温暖的一幕？这是他们这辈子第一次一起旅游，我从心里希望这次的行程能给爸爸妈妈留下一个美好的回忆。

那天，从苏州园林回到酒店。我翻看着相机里的照片，照片里的爸爸妈妈从肩并肩到手牵着手，笑弯了眉。就忍不住想去隔壁敲他们的房门，和他们分享一下，在虚掩的房门口听到爸妈的谈话。

“出来走走看看好不好？是不是和很多年前你来的时候不一样了？别的不说，就高铁、地铁，那时候都不敢想象今天会有，孩子约你时你还不来。”我听到妈妈用责怪的语气对爸爸说。

“不是不想出来。出来孩子就要花钱，还要请假，她收入不高也有很多地方要用钱的……”爸爸同样用埋怨的语气对妈妈说。

接下来我听到爸爸的叹息。

我转身快步回自己的房间，一瞬间眼泪就像断了线的珠子。原来爸爸是心疼、体谅我的，原来他们的爱一直在我身边。可我一直以为他是因为像他说的那样，年轻时就都去过了，不想再去了。

那么多年后我才明白，这个世界上父母言不由衷的背后都是沉甸甸的爱。

可是我们除了忙碌工作，照顾孩子，顾及自己的小家庭。有多少时间为爸爸妈妈考虑过？又有多少时间陪伴过他们？他们的头发白了，眼睛花了，手脚慢了。他们总是听错了什么，忘记了什么。话变得少了，怕孩子烦了。

我忽然意识到爸爸妈妈老了。难过得想哭，我真的心疼了。

我不敢奢求时光能倒流，只希望时光走得慢一些再慢一些，不要让他们在岁月的长河中匆匆老去。让我来得及，给我多一点时间做爸爸妈妈懂事的女儿。

亲爱的爸爸、妈妈，让我陪你们去看看这个世界，让我依偎在你们的身边，牵起那温暖的手享受着那些甜蜜、幸福唠叨。让相伴的时光，温婉涟漪的画卷，生动记忆的苍翠，璀璨华年。

匆匆岁月里，您陪我长大，我陪您变老。

邂逅另一个自己

静夜，深邃的夜空，星星眨着眼睛，月已半弯，风儿轻轻呢喃，好像在歌唱着春光的美。

三月陌上，芳草已绿，花草渐浓，色彩在世界里开始渲染。一个人静静地在一首悠扬的旋律中，读一本书，品一盏茶，任思绪悄悄蔓延，一些居无所依的遗忘，才下眉头，却上心头。我轻轻地张开双臂，拥抱着那些醉在夜风中的忧伤，只祈岁月因为遇见，而变得轻柔、静好，人生因为缘分，唯美而温馨。

不远处昏暗的街灯拉长了玉兰和山茶的影子，虽然看不到了阳光下的争艳，却多了朦胧的诗意。我忍不住推开窗，夜风就带来了氤氲的花香，踏着一轮清幽的月色，放逐了一段漫长的想念。就这样拥一份恬淡柔软的心，与光阴说禅，借着月色挽一缕明媚，携一份诗意，听一曲熟悉的歌，读一本心仪的小说，编织一件自己设计的衣裳。

醉心在如水的音乐里，忽然发现心底温暖又潮湿，只是低眉的瞬间，就想起了你。好像在时光的深处，邂逅了另一个自己，无言的暖，落了一纸的香，迎来了一场水漾的琉璃。遇见，让时光牵起了诗的韵脚。遇见让心念化成摇曳在素年里的词章。遇见，暖了心，醉了梦，长了牵挂，让多思的季节燃烧着炽热的心语。

遇见，多情的笔尖，简约而深情，红尘小笺，是我落寞时的凌乱，让我在深情里守望，在绝望中坚强。

岁月的痕迹，带着草木的香息，重逢着那些欢喜和忧伤，一些落笔成殇的文字，在跌跌撞撞的流年里演绎成刻在眉心展不开的忧郁。每一次回眸，我都躲在梦与季节的深处，在最柔软的地方泛滥着悲伤，我知道，时间的荒涯上，我邂逅了另一个自己。

那些我倾尽一切去寻找的记忆，负了似水流年，却依旧含着岁月的沉香，透着生活的温馨。走过酸甜苦辣风风雨雨，相聚或别离，那些甜到疼的滋味都将安放在流年的风景里。

叹，似水流年里左手的倒影，右手的年华，会不会就在我们念念不忘中忘记。

一朵花开的时光

转眼落花满地，秋风吹拂，已成了昨天的故事。在那个转身的秋天还有很多很多的事情没有来得及去做，总以为这个秋季会很长，它却在我闭上眼睛犹豫的瞬间悄悄不辞而别。

当冬日的风情飘洒着迷人的花絮，当雪花迈着优美的舞步和风不期而遇，我好像穿越到了一个童话的世界，忽然就不知道要以怎样的平仄留住那些曾经的斑斓。

一盏灯下透着忧郁的墨香，那些关于你的词句，悄悄泛起在心海，穿过岁月的沉香，滑向灵魂深处，你依然在心不远的地方。缱绻的光阴里，那些故事，百转千回，一不小心就把昨日的断章搁浅在熟悉的笔端，模糊了时间也蕴藏了流年。

一年就这样过去了。我淡淡地微笑着将心画上一个圆，让梦重新回到天使的唇边。那些游荡的日子里虽然写满了迷茫，却也在路上看一树的洁白途经了最美的盛放。

一路上追寻这浅浅的印记，享受着透过窗照进来的暖阳，一首曲子缓缓地把心带到最初的地方。太多的温馨，在我窗前缓缓流淌，一些细碎的声音，今夜又轻轻敲打着心窗。剪一段记忆的时光，为你编织缘分的衣裳。

多少个这样的午后，我倾听关于你心跳的诗章，忍不住让故事化为婉约的字句，在指尖流淌。原来遇见，是一朵花开的时光，那种温暖，撞击心房。它打开了我的忧郁，许我浅笑，嫣然。它含着一种淡然，透着一种执着，看不出凋零的忧伤。

这个冬季，就让一朵雪花的思念，飘摇在天地间。一缕风的牵挂吹染了眷念，有谁知道风和雪的拥抱，是怎样的温度醉了天空的眼眸？我和你相遇，又是怎样的微笑温暖了整个的冬天。

窗外的街灯已亮了，稀疏的影子里有些失落的心情，却已不敢再添惆怅。是怎样的深情带着颜色的留白，把美好填满，在缱绻的文字里取暖，经一些相约掀起岁月的浪漫。穿过季节的渲染，一念折叠的心事，落入时光的诗笺。

我静静地坐在窗前，编织着十月就开始设计的衣裳，长长的线给执着的心插上了翅膀。是谁说，错过的季节就不该再去寻觅，可我们为什么都会在一万只叶片下寻找一万种希望？一幕幕千回百转的演绎，更迭了四季的风景，也润湿了属于你我的锦瑟时光。依着夜的静谧再次去流浪，许每一个平凡的日子里，故事在禅意中盈满诗香。

伸一下懒腰，才感觉真的有一些疲惫。看一看怀抱里的这件衣裳，才明白拼接的过程里埋藏着小小的祈望。在冬至的日子里，这件衣服终于完工了。我给它取名叫“一朵花开的时光”。

清秋有梦

那天，我穿着蓝印花布的裙装走在乌镇的石板路上，丝雨如雾，迷漫了眼底的忧伤。望着那狭窄幽深的小巷，静静地看着不远处时而有船划过的小桥，闭上眼睛用心去聆听一个手拉琴弦的女子，在舟上轻吟浅唱……

那琴音宛若从天上来，曲子又像在水面上飘荡。我被这样的画面，这样的场景深深打动了。

我用手轻轻抚过高高老石墙上柔软湿滑的青苔，它暖暖的温度，叩响了千年的等待，就好像我等你，在寂寥悠长的雨巷。捻起风中的絮语，萃染念的芬芳，雨丝交织的缠绵里，思念也如此固执地滋长。当我踏响长长的足音，我的心回到了最初的地方。

漫步于烟雨朦胧又静谧的古镇，青石板路散发出的古朴气息淡了忧伤，散了迷茫，风的温存染暖了整个雨巷。

雨丝揉乱了我的长发，我想到了诗里那撑着油纸伞的姑娘，浅浅地笑了，不经意间才发现风雨里都是幸福的味道。原来我想要的就是这样简单的安静，原来我想要的就是一把油纸伞为我挡去这一季的喧嚣与浮躁，原来我一直期盼的就是今生在这里再次遇见你。

天渐渐暗了，当第一盏灯笼亮起时我就被路边小店橱窗上挂着的一件旗袍深深吸引。银灰的底色又泛着雪青的幽光，古意迷离，如一首上乘唐诗或宋词。好像这种诱惑是我无法抵挡的，我毫不犹豫地走了进去。出乎预料的，老板竟是一个帅哥，他热情地招呼我，笑着问我："美女，是不是喜欢橱窗里的旗袍？"

听他这样问我反倒不好意思了，把目光移到了店里其他的服装上。他笑着说："你的身材穿旗袍刚好。"

心想，小老板真会做买卖，只拣好听的说。他好像并不在意我的沉默，继续说："太高了过矮了穿旗袍都不好看。会破坏旗袍的风韵。一米六到一米七是最合适的。太丰满缺少柔美，太苗条少了风韵。最起码也要有接近标准的'东方身材'溜肩细腰、修长的腿，还要有高挺的脖子……"我忍不住被他不停的解说逗笑了，他也露出羞涩的笑容。

他看着我说："你笑起来挺温暖的，为什么你不爱笑？"我看了他一眼没有说话，继续在一排排古色古香的衣架上找喜欢的衣服。他又问我："你喜欢盘扣？喜欢古色古香的东西？"我回头看了一眼站在门口的他，笑了笑。他忍不住说："你不是不会说话吧？"我再次被他的样子逗笑了。我说："我不想说。我是来买衣服的，不是来说话的。"这次笑的反而是他了。

这样的聊天很快拉近了陌生的距离。难怪店里的衣服都很有特色，每一件都有它独特的地方，原来他是学时装设计的，店里的很多款式都是特定的。

他从一个橱门里拿出一个大大的盒子，招呼我说："美女，过来看看这些有你喜欢的吗？"

"那么多盘扣？"我惊讶地看着他手里的盒子。交流中得知原来他店里的服装因为有很多是定制的，而这些不同的盘扣就是那些师傅们手工缝制的。

“这些盘扣卖吗？或者你可以告诉我哪里有卖的？”我小心翼翼地看着他问。

“不卖的。这都是一些衣服配置来的。现在已经没有人专门做盘扣卖了。挣不到钱。”他笑着说。“但是我可以送你几个”。

“真的吗？”失落的同时，他的话带给了我喜悦。

“你就那么喜欢盘扣啊？”他不解地看着我。

“是啊，刚刚在你的店里看到这些盘扣的衣服，我还想把毛衣也编织成盘扣的现代款呢。”这次是他惊讶地看着我：“你还会织毛衣啊？厉害。”

也许是因为共同的爱好，他还热心地教我做简单的盘扣。正是因为小老板的热心，成就了参赛作品的出炉。我用他教我做盘扣的方法把毛线合成了12股，编织成小辫，盘成扣子，再用同色的线把小辫固定好，以免散掉或者拧曲。可惜的是毛衣所搭配白色的线不是我想要的那种，应该再细一些，柔一些。

古镇回来后，这款毛衣我编织了两件。原因是第一件编织好了，就被一个朋友赖走了，她说要送给出国留学的女儿。即使我再不舍得，也感动于她们母女情深啊。

这件，谁都不送了，我要自己穿，也圆我的盘扣梦。下次去古镇一定会选择深秋，我要穿着自己编织的衣裳，在深爱的季节里倾听石板的沧桑。做着一蓑烟雨梦，行走在古镇的小巷，一把油纸伞下，等你深情的目光，手里还有一针一线为你编织的衣裳。

念你，在最深的红尘里

当午后的阳光把我从睡梦中唤醒，那种安逸的宁静让我觉得不真实，临窗而坐，我在回忆的梗上，馨暖指尖的眷恋。

长假到来了，只好放慢了这场流浪的脚步。一直喜欢安静的我，选择了宅在家里读书、编织、品茶、作画，任由着一首歌的旋律带我去心底向往的地方。

我静静地坐在卧室的飘窗上看着远方，浅浅的笑容里带着淡淡的忧伤。轻轻回眸，谁的记忆拥抱了谁的温暖？指间溜走的时光就这样悄悄将一个季节带走了，好像生命中的那些遇见和别离，一转身就相隔天涯，只留下轻轻的叹息。或许有些人是生命里注定为了分离才相遇？而这场相遇就好像是前世的约定。绕指成香的流年，墨香染绣，提笔落字，也只是为了三生石上深锁清秋的风景。

轻轻回眸，拾一缕回忆的风，安暖锦瑟流年。我常常会在这个季节里迷失自己，又找到自己，会伤感、失落，也会托起童话的梦想。我一直深深爱着它，爱它的绚丽、绝美，爱它的梦幻、残酷，爱它的温暖、落寞，爱它的浪漫、妩媚。这一刻，轻轻描摹，慢慢回忆，一纸书香笔墨，揉碎了如莲的时光。

窗外，落英缤纷的季节里，秋的容颜已渐渐蒙上了清霜。满园盛开的菊花和凋零的落叶形成一个鲜明的对比，沁染了惆怅的心绪，熏陶了简约的心境。一份真诚的祝福，一份虔诚的祈愿，从指间挥洒着落墨在文字里相遇。

风吹散了我的长发，也吹乱了我的心绪。牵念，伴着同一首歌的旋律回旋在房间的每一个角落，又怎能掩盖流年辗转而过的痕迹。我就这样安静地坐在秋天的风里，静静想你。文字宛若水韵的梵音，有些怦然心动的铭记。

窗外，阳光微笑着偷走了我的心事，在这样的季节傻傻的我已学不会隐藏真实的自己。轻拥一米阳光的暖，在时光的眼眸中，我以素心为笔，将婉约写进生命的诗行里。煮一壶倾城的爱恋，温暖那些清瘦的时光，坦然走过尘世烟火，守着最初的自己。细细聆听岁月的呢喃，微笑着看季节转换演绎着繁华与落寂。相信那些情愫和美好，总会在不经意间凝结成眉宇间的欣喜或淡淡哀怨。它们会温润经年的时光，在岁月中沉香。它们会是心底的念念不忘，冬天的暖阳。也许若干年后你已忘记，纵然一切已不是最初的模样，但最初的念，仍会在懂得中生暖，装点我生命的诗行。

时光荏苒，流年的风终究会吹皱光阴。岁月的长河里曾暖了多少相聚，又惆怅了多少别离。缘分真的很奇妙，让两个原本不认识的人瞬间交集，又转身别离。人生能够相遇便是一场盛大的相聚，在我的心里一份懂得，抵得过世间万千的暖，所以我会珍惜。我会努力记住你的样子，你的声音，握着相惜的暖意将无悔写进生命里。留一径浅笑于你，即使转身别离，还值得回味。

穿过流年的风尘，我站在秋天的路口，等你踩着高山流水的旋律，从蒹葭苍苍的诗经里寻梦而来，惊艳我守候的时光。

你可知道，洗尽铅华，我依然是那个为爱而生的女子，如果时光可以倒流，我想重新回到认识你的那一天，如果故事可以重新演绎，我可不可以用一世的牵挂，换你一生期许？我愿在千回百转的光阴里读懂你的爱与愁，我愿在似水流年的光阴里陪伴你的快乐和悲伤。不言天长，不许地久，只为这一份深深的懂得。

十月，凌风傲霜的菊花，旋舞绝美的落叶，给了我一个童话的世界。十月，枫叶如画写满温暖，伴你浅舞天涯。十月，深了秋色，浅了岁月。低眉，入目，一纸素笺里，与你再续这一份情缘。

十月，深秋，念你，在最深的红尘里。

一如初见
遇见，许时光一个永远

念你，如昔

我只是难过了，是一种说不出的难过，我不知道用怎样文字才能表达这样无助的心情。

我只是哭了，是那种流着泪却可以微笑的哭泣，没有人懂得那种撕心裂肺的疼痛。

一盏灯光下，我就这样蜷缩在时光的影子里，摇曳着痴守的誓言，隐藏起心底那些淡淡的忧伤。今夜，就让我一个人躲在季节的深处，将所有凋零的片段一点点拼凑成温暖的画面。深深埋藏在心里，或挂在季节的枝头让它随风散去。

此时，我就像一条沉默的鱼，在寂静的夜里轻轻地叹息。也许，生命中早已注定了一些美好会定格在一段不经意的时光里。那些不敢道别的故事，那些会让时间带走的记忆断章，美丽了人生也忧伤了梦，它用一种守望蔓延成浅浅的伤。

季节流转诉说着人生冷暖，被唤醒的柔情，把生命所有的眷恋，都翘首在季节的末端。在人来人往的路上，时光就像一场绝版的电影，无法把岁月还原成最初的模样。

我终于明白了，原来不是所有的相遇都会经得起来来回回的错过。阡陌红尘，有多少故事一不小心化作了唐诗宋词的幽怨，如花美眷终抵不过似水流年。

秋风写意着时光，落叶记取着过往，无论我怎样想用心轻握这一季的温暖，时光都会渐行渐远。这一季你轻轻地在我生命的书页上划出痕迹，就注定了在光阴流逝的风景中，感念时光给我的温馨的回忆。它们悄无声息地走来又别离，在我的世界里留下最美的一程残缺和美丽。

或许有一天笔尖下的荒芜，终抵不过满纸物是人非。或许有一天琉璃的心事，在我的纸张上落下遗憾的过往。或许漫长的时光里，会看不清故事最初的模样。或许这样的深情，演绎成最后的心伤。或许我会在某个午后的秋日里爱上阳光的味道，学着遗忘。

只是不知道，若干年后你心底深处会不会也有一丝遗憾，风景交错的路途让我们变成了熟悉的陌生人。只是不知道，若干年后你会不会也有一丝遗憾，美好的相遇最终写成一段飘扬在故事身后的风景。

这个秋天一个转身，单薄了故事，这个秋天一个背影，带我走进雨季。我站在风中，看岁月如沙在手心里中轻轻滑落。我站在雨中，看落叶飘零起舞，用双手捏碎了故事。

今夜，忽然想把你写在我的文字里，无关风月。请相信我是用心在缝制季节的衣裳，满满的祝福，散淡的从容。请接收我真挚的叮咛，薄凉的时光里好好爱自己，别忘了给自己取暖，彼岸流年，就让我的祝福清晰地蔓延在你的掌心。

我想你不会遇到第二个我

午后一捧清浅的秋色里，我用端坐的姿态静静地坐在光阴里。静静地看、静静地念、静静地听。一不小心时光就在我品一杯茶香，或凝思发呆中悄悄溜走了。

我无助地看着那些指尖上的光阴在悄悄变旧，不知所措地反反复复听着同一首歌。是歌声浸湿了心情？还是落叶渲染了情愫？那些格格不入的随心，已将岁月沉淀成一种固执的坚守。

嘈杂的心曲，已理不出一阕完整的篇章。所有的情绪聚在一起，像极了要断掉的琴弦。我小心翼翼地细数着光阴，在薄如蝉翼的翅之间，将这秋季轻轻捻起。微凉的手紧握透凉的文字，徘徊在秋的街头。

我应该用怎样的心去看事态万千？又该用怎样的心去听笙歌婉转？一种心乱如麻的恐慌如同滋生的野草缭绕着心里欲罢不能的思绪。我是在等入睡的文字醒来？还是祈求一剪菩提的光阴，轻轻拂落心中的尘埃。

素色流年，只是不经意的遇见，让懂得成为一份最美的缘。

其实你和我有一点像，懂得什么话不说出口，难过了自己扛。其实你和我有一点像，怕受伤所以把自己伪装。其实你和我有一点像，我们喜欢听同样歌，读同样的文章。其实你和我有一点像，总想把生活读成诗，把爱写成优美的文章。其实你和我有一点像，有点倔强，有点清高，还有点孩子气。

我想你不会遇见第二个我，读懂你就像读懂我自己。我想你不会遇见第二个我，怕碎了梦里的影子，不愿你看到我流泪的样子。我想你不会遇见第二个我，会因为你没有按时吃饭，使小性子。我想你不会遇见第二个我，简单坦诚信任地把心里的秘密都告诉你。我想你不会再遇见第二个我，落寞与欢颜争夺，忧伤与欢乐对演。

在这个世界上，也许我只是季节轮回里的一片叶子，随风飘落，可是眷恋的心事依然明媚了忧伤。也许，遇见，你就是我这一生读不完的书，会明媚时光，温暖心房。既然生命中总有一份感动，无论你何时回头它都会在那里，那么就赋予它提笔时有昙花一现的惊艳，落笔时我只写，若你安好，便是晴天。

今夜借一缕秋风，盛开最后一季的忧伤。有风拂过，轻轻落墨。那些埋在心底的小情绪如喝了一杯苦涩的咖啡，我却任其苦到了心底，也不愿皱眉。当我落笔想写下咫尺天涯，却想起了你说的：心里有你。

一缕秋月斜斜地照进书房，我听到风的挽留和落花的叹息，就如繁华落尽那些浅浅的吟唱。今夜，就让时光轻轻地宣泄，就让这些深深浅浅的文字在笔尖凝墨生香。

静守时光，以待流年

挂了电话，忽然好想家——那个给了我温暖，给了我梦想，给了我一个别样童年的家。

可如今它在哪里？最爱我的人，我最爱的人又在哪里？

今夜，这些埋在心里好久的话，我竟毫无顾忌地告诉了你。这种感觉是那样的熟悉，好像我们认识了几个世纪，又好像我是在说给另一个自己。我不用担心你会笑我孩子气，也不用把自己伪装得那样坚强。我不用担心你感觉到我的脆弱，也不用害怕你听到我的哭泣。

我对你说起这些年我一直藏在心底里的故事，大大的四合院，高高的院墙，梧桐树的落花给季节穿上梦幻的衣裳。还有那些青石砖的地面在葡萄架下吟唱，给秋千里的梦想画上神秘的翅膀……

原来不是不说心里就没有，原来我一直逃避的是我最深的思念。原来寂寞蔓延的声音印证着彼此的存在，原来一个人的温度可以温暖一座陌生的城市，也可以淡抹回忆里的孤单和忧伤。

生命就好像一场幻觉，让记忆填满时光流过的缝隙，留下无法弥补的遗憾。当我还徘徊在秋天的深处，婉约的风已不经意让记忆的青藤爬满了忧伤，一不小心就刺痛了心房。我听到自己轻描淡写地把哀怨隐藏，任凭着沉默和思念撕心裂肺的对抗。疼痛的泪水盈满眼眶，我却还要微笑着说：我很好。别来无恙。

这种无奈多少次浸湿过我思乡的梦？那些刻在眉宇间淡淡的哀怨，又有多少次打湿了我的清晨和夜晚？我隐藏起脆弱，却无力撕去曾经用心写下的诗行。我闭上眼睛，心却不听使唤地插上了翅膀，就这样带我回到故乡。我仿佛又看到庭院里秋千上那个爱做梦的女孩，我仿佛又看到暖阳下带着老花镜绣花的奶奶，阳台上的爷爷在摇椅上专注地看着书籍，空气里弥漫着梧桐的花香……

我就这样静静地站在秋天的路口，轻轻捧起时光的碎影。我就这样静静地站在秋天的深处等轮回尘世里，你转身凝眸的瞬间。我就这样执着地站在秋风里，等时光化作一滴透明的泪滴或是温暖的拥抱，在天空里，蔓延整个秋季。我微笑看着别人，却想起你，我微笑着静守时光，以待流年。

我知道当掌心抚过流年，将遗憾再一次滞留心中，我依然甘愿为你韶华倾付，焚写一遍又一遍的思念。

心素如简，淡雅一世

清晨醒来的时候，泪水浸湿了枕边的长发。虽然我已不记得是什么事情让我那么难过，那么无助，我还是拥抱着自己哭了。

然后习惯性地拿起手机，看到你早上的问候，我浅浅地笑了。

原来我真的像朋友说的那样，自始至终都是一个简单容易满足的女子。简单到一个问候就会微笑，一个拥抱便会安心。既不穷其一生去追逐浮华，亦不耗其一生让自己碌碌无为。

我喜欢这样的自己，不苛求，不攀比，学着包容且懂得珍惜。抱一颗简单淡雅的心，过着简单而精致的生活。

我喜欢这样的自己，当感情变得疲惫，生活让我遗憾，依然不会忘记那些在洁白的纸张上画下的誓言。即使在转身前就泪流满面，阳光下我依然会给你温暖的笑脸。

我喜欢这样的自己，左手风花雪月，右手柴米油盐，让生命充满温暖的底色，让生活变得简单明了。我喜欢这样的自己，看一段风景，悟一种人生，让平淡的日子染上书香的味道，落墨间笔随心走敲下那些你认为是小资情调，却感动你也感动我的文字。

我喜欢这样的自己，在一盏温暖的灯下依偎在秋千里读一本心仪的书，让思绪在散文间行云流水，或静静地在别人的爱情故事里做短暂的流浪。

我喜欢这样的自己，在纷繁喧嚣的日子里，为理想而奔波，带着小小的自信，设计自己认为最美的款式，一缕阳光下编织着梦的衣裳。

我喜欢这样的自己，当生活让我失望，当心痛让我无法呼吸，仍有勇气带着疲惫在流浪的路上寻找希望，让艰辛透着明媚，带着岁月的馨香。

生活让我懂得了生命是一场只来不去的旅行，我们都应该学会感谢一路上每一道风景。做最想做的事情，说最想说的话，真心去爱值得爱的人。让这场旅行多一点快乐少一点遗憾，多一点笑声，少一点哀怨。

如果可以选择，我愿意简单得如传统的黑发，不去渲染时尚的颜色。如果可以选择，我愿简单得如陈旧的老照片，只是黑与白的融合。我相信当它们折射出其他色彩所不能表现的韵味时，它也会是世间一种极致的完美。

就让时光的沙漏沉淀着过往的悲伤和感动，让心灵的温暖划过流年的枝头落在心间，当夜风在指尖滑过，当那些温暖让淡淡的微笑在嘴角轻扬，我只想静静把笔下所有的文字都涂满幸福的颜色。

一直相信释迦牟尼说的一句话“无论你遇见谁，他都是你生命该出现的人，绝非偶然，他一定会教会你一些什么”。那么就让我放下矜持，把被秋色染红的那一抹想念放在你宽厚的掌心。虽然我还不知道该用怎样的文字，让你走进我的诗行，我却相信：无论我走到哪里，那都是我该去的地方，经历一些我该经历的事，遇见我该遇见的人。所以我愿意，用最初的心陪你走最远的路，我愿意，在淡淡的时光中轻捻素心，拈花浅笑，红尘陌上心素如简，淡雅一世。

剪一段时光

秋天的风凉凉地落在枕边，我从倦怠的睡意里醒来，赤着脚，裹一条淡紫色的披肩走进书房，打开音响听着喜欢的歌，坐在临窗的秋千上发呆。我就这样坐在风里，极致的寂静，看窗外的风吹着白云朵朵，行走在一片苍穹里。让心事，像一朵再生的花，沾着秋天的气息，独自飘荡在风里。

我只是默然地守望，有一点点欢喜，有一点点缱绻。

我只是在等一阵风，打破这寂静的时光，或者在等一个人，放大这时光的欢颜。

这个秋天，沉甸甸的思绪，叠成了字里行间的迷离。人海里一次次回眸，流年里谁是谁今生独守的暖？落叶渲染了秋色，落花沧桑了流年，经年里谁为谁站成一道永恒的风景？红尘里谁又为谁寂寞了此生眷恋？

拨开葱茏的思绪，一任牵念横溢。一座城里，终究还是会有那么一个人，谱写你一生的经历，刻骨铭心。这一季躲开了尘烟，却躲不开缠绕的深情。

记得张小娴说过："当我老了，有一天，在我要回去的那个地方，那个连鸟儿都抵达不了的彼岸，我会想念我写过的那些书，想念那些陪伴过我的文字，想念那些被我想念着也想念着我的人。

当一切都结束，在远方不再有想念，我是那样想念曾经那么想念一个人的甜蜜和苦涩、辛酸与孤独。虽然那时候不知道那样的想念有没有归途，能够想念一个人，也被人想念，生命的这张地图终究是漂亮的。”读到这些文字的时候，我被深深打动。或许多年以后，我也是这样美妙的心境。剪一段静好时光，不问逝水流年，不问沧桑岁月，就那么风雨兼程，直到来生。

轻轻地敲击着键盘，静静地舒展着心事。一纸素笺上，落下浅浅的相思。何时你已将那些指尖琉璃的心事，在静谧的时光里抒写成初遇的美丽，放飞在我的眉间和梦里。宛如一滴水，不经意在心海泛起涟漪，仿佛一弯月，不经意就明亮了我的夜晚。

我知道这一生我会像飞蛾扑烈火，安静地站在时光的角落里，看流年用淡淡的一笔为故事画上句号。我知道多年后我仍会站在故事的画卷外，浅笑看你给的曾经。

因为我一直相信，在这个世界上有一种感情是可以沁骨的。不属于风花雪月，也不是地老天荒。它却可以穿过时间的经络，抵过世间万千的暖。因为我一直相信，红尘陌上有一种相遇是转经筒上的梵音，它穿越了千年的约定。因为我一直相信，一份懂得足以让我在繁华落尽，尽染萧瑟时把所有的寂寞拼凑成温暖的颜色，无论岁月停泊或流失，它们都会微笑着在记忆的年华里。

剪一段时光在秋天里，素笔轻弹，执笔成画在你飘然而过的季节里。不问岁月渲染了谁的情绪，又执着怎样的结局。在一缕阳光下，于一墨香馨中走笔苍凉，我仿佛看到你就坐在时光的那端，而我在时光的这端。

落墨素笺，守一份安暖

午后坐在书房的秋千上，听着喜欢的音乐，翻看着喜欢的书籍，打发宅在家里的时光。

这样的时间里，我越来越喜欢去读一些干净、透彻的文字，他们就像一朵朵温暖的雏菊，开在内心荒芜的深处。风吹来，就有自在的安然，雨落下，就有素雅的薄欢。我知道，没有一个季节可以留住墨上的馨香，没有一个季节，会有不变的感动。可我，依然愿意在秋天的深处，把每一片落叶都镶入韶华的衣襟，氤氲着灵魂深处静涵的香。

窗外的阳光暖暖地照在身上，染了墨香时光，心也变得清透宁静。那种静，让我听到埋藏在角落里不愿去面对的声音，那种静，让我隔着一个传说的距离，落墨素笺，守一份安暖。

在一杯茶香的时间里，我竟然在秋千里睡着了……

醒来的时候音乐依然在空气里缓缓流淌，房间里满满是秋天的气息。我侧过身看到文竹环绕在窗前随风舞动。那些淡黄色的小花已不知什么时候散落一地，生命的禅意在一抹秋色里流动。

迎着风的方向我站在阳台上看窗外的风景，好一个深情的秋。蓝天扯着白云的衣裳，秋风追逐着落叶的脚步，落花深情地亲吻着大地，大地感动着相遇的喜悦。一切都是那么安详，那么美好。

这个我深爱的季节，给了我多少感动。

这个我深爱的季节，留给了我多少遗憾。

我就这样安静地守在时光的角落里。携一份淡然，任离合尽兴，荣枯随缘。

我就这样微笑着守在时光的角落里。怀抱一颗素心，在生命的掌纹里拾荒。看那些深深浅浅的故事在一些欲言又止的时光里，单薄地老去。

我真的疲惫了，只想在清秋寻一份安宁。在清宁的光阴中浅浅淡淡地爱着，和着彼此的步调，彼此依靠，相守人间岁月的安暖。

就让我们把所有的故事交给时间吧，不论是初见的惊鸿还是相见恨晚，待历尽回眸，越尽伶仃，山川老去，红尘染霜，但愿我们依然可以和时光微笑言欢。将日子过成精简，有烟火的余温，一半疲惫、一半薄欢。有红尘的不舍，一半惆怅，一半韶华。

隔着一程程光阴的山水，不知道你是不是已看到此时我就站在你的彼岸，握一缕风的温暖，让一抹牵挂的祝愿在微凉的指尖悄悄盛放，结满了含苞的希冀。

如果你记得

霏霏的雨丝仍在飘落，微凉的风卷起我了的衣角，吹散了我的长发也打湿了我的脸颊。撑一把雨伞，静静地走在光滑的青石板道上，用窄窄长长的影子，画一朵苍凉。文字就这样被我素手刻划着，浅浅流淌。

我安静地站在梦开始的地方，看时光怎样明媚了一季的忧伤。

古镇，每次流浪就会想到的地方。即使闭上眼睛也可以想象到流水写意，灯笼小镇，古风优雅。它像极了一副浓墨重粉的水粉画，那些小桥、流水、人家，粉墙黛瓦石板路，今夜如千年的情诗，滑落在古老的秋径。碾过万千红尘，埋葬在满是忧伤的心里。

你看，打湿衣襟的是谁的泪珠？你听，青石板上的脚步踩疼了谁的寂寞？

这湿漉漉的江南之夜黏住了我流浪的脚步，也感染了我潮湿的心情。叹，任你以唐风的姿势敲打我指尖流动的文字，将淡淡的喜忧，融墨于字里行间。红尘画外，我仍想知道雨巷的那端会与谁对望？

我知道，今夜我只是一个匆匆的过客。如一缕风沾染了江南的气息，等一这场雨在流年里抚平时光苍老的眉。却又不知道下一站何方？

就让我安静地站在风里，等待和你的相遇。就让我把那些失眠的文字，洒落在雨巷的深深处。就让我把你的叮咛和给我的感动封存在这水墨江南，在清浅岁月里，写下那些温暖，将红尘邂逅的美丽装在心里。

如果你记得，来生的下一个路口，就让我们在这里相遇。让时光变得安静，让今生的故事轻轻敲打我柔软的心房。

浅秋八月的遇见

端坐于时光的门槛，看一片落叶飘零点缀的秋天。这一季落花，终究还是飘进了秋的门扉，为开启千年尘封的眷恋，画上了句点。

推开窗，凉凉的秋风嬉闹着撞进来，给了我一个久违的拥抱，转身我听到它和珠帘的窃窃私语。是重逢的欣喜？还是不期而遇的感动？我浅浅地笑了，虽然它并没有带走心底的忧伤，却让我沉醉在秋的静美和温婉之中。铺开一段素锦将思绪轻描，透过层层叠叠的褶皱，把那一段惊艳的时光定格在心间。

八月，遇见你在秋天的风里，我在一枚签文里安放以爱为名的朝夕。轻轻落笔，飘走了屋檐下淡淡的呢喃，将你写进我的文字里。真希望就这样在落花如雨的情怀里，细数那些点滴的欣喜。落一纸心语，满满都是藏不住的念，飘着淡淡的清香，让指尖弹破落寞的窗棂。我在诗里娓娓诉说，你读懂了我，我也读懂了你，那红尘之外的空白，留给了谁？沉淀了一份安逸与宁静，用无声的言语传递着心灵的默契。

过往的故事就这样从夏的那一片绿色中滑落，牵引我走进秋的诗行。这一刻我终于明白，生活不是浮在纸上的华丽，而是沉在书中的寂静，于是我的眼泪浸透了深埋的心事，我的微笑暖了初秋的风。

一纸流年，有希望，有遗憾。一纸流年，有欣喜，有悲伤。当夜风拂过我的长发，指尖的温度滑过静好的岁月。我，只想问问我们能不能让时光慢下来，捧一杯茶，清清淡淡，听一首歌，千回百转。于文字中寻一份懂得，让心灵安暖。我，只想问问我们能不能让时光慢下来，不让日子过得那么拥挤，一路奔波前行只会让心因疲惫而荒芜。就让那些岁月的悲欢和着茶香一饮而下吧，好吗？然后我们一起在平淡的日子里，回味光阴里的深深浅浅。让生命的往来多一份沉淀和从容，让流年里的回忆多一份温馨和幸福。

就这样轻轻落墨，诗里听潮，画里闻香。就这样剪一段恬静的时光，浅喜、深藏在沾了秋风的温暖里，回眸笑看一地落花的独白，还有浅秋八月的遇见。

我笔下的流年

在这个七夕的夜,往事透过岁月的眼帘,又回到了最初的地方。

那些没有了终点的等待，依然在烟火里书写着爱的神话。它们覆盖着夜的孤单，也温润着我的诗行。

我把那些感动我们的故事，挥洒在或深或浅的墨迹中，渐渐演绎着人生，即使有一天它们淡化在绝望的时光里。

似水流年，繁华落尽，湿润了心情，薄凉了离殇。今夜有谁看见一窗风月在眼底沉沦，映着我微笑的泪光。提瘦笔，洒墨香，我曾深爱有你的时光。素锦年华深处，那些不期而遇的暖，深深镌刻在我的心房。

你许了我一场铭刻心扉的爱恋，时光就许了我一帘笔墨，在心底勾勒幸福的模样。

当风吹过，醉里相思梦远扬。

我一直以为它们会在时光的素笺上，暗香盈袖，不会让心受伤。走到了季节的末端，回头才发现时光苍老了容颜，岁月蹉跎了腰身。一份心甘情愿的执着遇到了洒落在角落的心伤。那些收藏的爱，绣出一朵春天的念想难道真的走远了？难道这一季，你我只是途经了花开的绚丽？难道那些温暖了时光，盈润了流年的故事已遥不可及？

五月，我的文字开始歇息，那些轻盈流淌的篇章封存在了心更深的地方。我渐渐发现模糊的不只是视线，还有我的世界。心，披着一层层薄薄的纱，静静地躲在时光深处的角落里。原来我只是看淡了尘世浮华，却看不淡红尘如梦。我还要执着于这份不期而遇吗？泼墨提笔，柔弱的文字该怎样描摹梦里的影像。断句残章，又该如何描述此时的心情？

我们的故事有太多的相聚和别离。我曾在一杯清茶的时光里念你，抒一笔愁思，捻一纸想念，记一段时光的清浅。一份遇见，曾明媚了陌上花开，芬芳了指尖流年。一份遇见，让生命里多了一份精彩，留下了一滴墨香。它们浅浅在字里相依，也在生命里流连。

如今那些通往昨天的路已长满了青苔，眸底剩下落寞的背影，可我依然用自己的方式去怀念。直到那长满青苔的记忆和曾经的话语，安静得在心中随着时光独自荒芜。

一笺素语的情话，把我带到你的身边。紫陌红尘里我曾微笑着一份温暖，感恩着这份遇见。当不经意转身去看，时间已回不到最初的地方。人生若只如初见，何事秋风悲画扇，太多的遗憾。

一路走来有些风景遗忘在了身后，有些故事已定格成曾经。就算有那么一天，时光干瘪了记忆的长河，岁月剪短了思念的长发。流云仍遮不住曾经的暖。

梧桐花开

四月匆忙的路上，我看到一抹梦幻的紫色在春天的深处静静绽放。

它闪入我眼眸的瞬间，有一种翩然惊魂的惊艳。

“梧桐花开了？”我不经脱口而出，一种不真实的感觉从脑海里掠过。

它在人间四月，如一幅美丽的油画，唯美了时光。让梧桐花的记忆在岁月里散发着淡淡的清香。

时光在指间无声无息地滑落。故乡的小院，儿时的遇见，那些闪着光亮的梦想，还有屋后高大挺拔的梧桐都温暖着我的心房。

小小的我，曾托着脸颊趴在窗前，看着落雪给梧桐穿上洁白的衣裳。

小小的我，曾着急地看着满树的娇嫩，盼阳光洒在梧桐花里，万枝灼春，空气里散发出甜甜的幽香。

小小的我，曾站在庭院的深处，望着簇簇淡紫色静雅的花束编织着美丽的梦想。就等微风吹过，梧桐花如春雨般洒落在院子里。拾一朵插在发间，享受着长发和梧桐花相遇的美丽。拾一朵含在嘴里，贪恋着舌尖留下的淡淡香甜。

看着梧桐花散落在庭院里，那梦幻的紫如一片片踩在脚下的云彩，让一切变得那么美好，那么不真实，把世间的瞬息万变清浅。

我深深爱着的梧桐，它陪伴了我整个童年。我深深爱着的梧桐，是开在诗韵记忆里的花。

又是一个梧桐花开的季节了，我匆匆地从季节中走过，幸好我们没有错过。我依然沉醉在花海里与你相拥，我依然沉醉在属于自己的风景里感动。

只是流年里我淡淡的微笑已隐藏不了眉宇间的哀怨。不变的是我始终会静静地守着岁月的长河，等你画里展露笑颜。我就一支素笔描摹，看你在笔端轻歌曼舞。

遇见，是人生最美的缘

这个春天我好像一直在路上，那种与世无争的淡泊、落寞让微笑都变得牵强。

还没等你回眸，那些年华里感动的诗意，那些娇娆的嫣红已成了明日黄花。我们行走在匆忙的人群里，在喧嚣的尘世里奔劳，忘记了看看身边美丽的风景，忘记了善待自己。内心的浮华，在光阴的浪潮中被世俗堆积的厚重纠缠而繁琐。

叹，那些可以看见花开在眼里，有淡淡香息在念里的日子就这样一去不复返。那些年华里曾经不忍放手的执念，也被岁月绘成了一幅平静的风景。

叹，那些不知愁绪，笑声满盈的岁月已一去不复返。却也让我学会了以淡泊宁静的姿态接纳百味杂陈的人生。

流年，就这样在季节轮回中叹息。流年，就这样在光影交错中宣扬。而我就这样守着一颗安静的心，用沾满心事的文字在岁月里轻轻歌唱。站在季节的路口默默守望，不知该用怎样的笔墨，完整书写这一程山长水远的思念。

我用文字抒写着岁月里悲欢离合的故事，在静静的夜里享受着清宁的时光。听兰花拔节的声音，听细雨和风的吟唱。我不再去阳台看风景，因为心已停留在相遇的地方。长长的岁月都是故事的背景，曾经的流年都是眷恋的印证。

浅浅的岁月，陈旧的暮年，错过了花开最美的时节，簌簌落下的花瓣仍深深打动着我的心弦。沿着一纸经年，用简洁的笔墨渲染春的婉约，涉过光阴的门槛，陌上春风折叠着思念，拂过树梢，掠过草地，落在心间。那些爬满青藤的记忆在夜色的风里沉淀，依然浸湿了心灵的春雾夏雨。

就这样踏上心仪的旅程吧！赴一场爱的邀约，寻一指飞花悠然的暖意，望一眼柔情凝香的欢喜。捧一枚丁香的温暖，醉在浅喜深爱的时光里。

当爱燃尽，胭脂成灰，凝眸回望，那一抹香，也会入了流年中最美的年华。轻推岁月的门楣，人生安暖，岁月无恙。

浅念，深藏。

我曾在最深情的眼底覆盖夜的孤单，它却温润了我的诗行。我在四季轮回中携一抹岁月的沉香，浅读流年，望岁月悠远。用一份落花的安暖，许笔下的文字不再感伤。

任月瘦月盈，红尘中我依然相信这份遇见，是人生最美的缘。

手心里的爱

清晨，你温柔地敲打着我的窗。烟雨的柔情缠绵了这个季节的思念和淡淡的忧伤。

天气已变得微凉，指尖残留的冰冷，一不小心惊醒了我沉睡的记忆，淋湿了我们曾经的梦想。时光深处，那些沉默的等候，轻敲文字的轩窗，将心事丰润，书写着温婉，点亮了落寞，覆盖了喧嚣，当微风吹过，经年的故事，早已雕刻成一道深刻的风景。我闭上眼睛深深地呼吸，泥土的芬芳驱散了心底淡淡的忧伤。那些绿柳、红花在雨雾的朦胧中显得更加娇艳动人，这一刻，我多么渴望拥抱记忆馨香的温暖。

撑一把透明的雨伞，从公园的小路走过，忆念在心涯如风流浪，萦婉绕上眉间。岁月的长廊，掠过的万千风景，如藤蔓爬上心墙，疯长着旧日斑斑的暖。借着笔尖的灵动，把牵念浸了墨香，一纸素笺，饱含着深情，在祭奠谁老去的时光？

我就这样站在窗口，静静地欣赏着远处的风景，任灵魂与文字共舞。一花一诗一茶，听雨听风听落花。

亲爱的，此时的你可曾听到风雨的逍遥和我的呼吸？卸下了忙忙碌碌的疲惫，真的好想和你一起饮茶、赏花，细品这时光静好。真的好想有你相伴研墨、落笔，淡写流年无恙。岁月的光阴里，就让那份深深的懂得、无怨的包容，唯美岁月的诗行。

铺一曳旖旎的芬芳，折一枚笺香，聆听记忆走过的痕迹，灵魂中的相思已延伸到遥远的地方。展开心情的诗笺，那一抹溢在心底的暖意，便是岁月沉淀的芬芳。

我常常想，当风尘染上岁月的霜华，听闻了落花的叹息。当如水的念，如诗的绪，翻起年华里一页页绚烂，我是不是还会素心潜藏书香，情愫指尖流盈。行走在浅墨流痕的平仄里，将理不清的绪，赋予灯花瘦尽的诗篇。用手中的笔，用纯净的方式，润泽一卷柔暖生香的人生画卷。

我，就是这样一个凡尘女子。提笔迁思，落笔为念。剪一段时间的温良，听一笺心语轻缓里流淌，落墨处，它们永远是我手心里的爱。

陌上红尘

清浅时光，经年如斯。

或许，那些聚散无常的故事，都是生命中必经的风景。一杯茶香，伴着我坐在电脑前轻敲键盘写下心语。我小心翼翼地收录着那些遗落在光阴缝隙里的暖，走过风雨，途经聚散，诉说流年。放任思绪在音乐的回旋中痴迷，或悲或喜都已不那么重要，在文字中默然行走，没有了风尘的喧嚣，没有了红尘的烟雨。我学会了以一颗平淡、感恩的心，忘记那些渐远的恩怨、眷念。

我一直深信，两个有缘的人不管今生以什么样的方式遇见，一定是在前世有约。不管今生是爱人还是朋友，是家人还是擦肩而过，前世一定是彼此生命里的那一抹暖阳，不舍的那份牵挂，才相约今生再次相遇。所以不管是怎样的相遇，怎样的别离，我都真心地感谢你。素手拈花的年华，就让岁月拂去心底的尘埃。轻轻落笔，只取那些清风过膝的欢愉。

一路坎坷，一季花凉，这一场无法预知的旅程，落花和新枝在不断演绎、讲述着流年你我的往事。回头看看，其实人生就是一个不断跌倒又爬起来的过程，不管是事业还是感情。爱了，伤了，懂了。恨了，怨了，放下了。那些说不完的故事，终究会穿过草长莺飞，在一抹新绿里葱茏，让彼此的生命五彩缤纷。那些相遇或别离在季风里写满了缱绻，让人生变得完整、坚强。有些人留下一辈子的期盼，从灵魂深处微笑。有些人留下一辈子的遗憾，承载着无尽的惆怅。

亲爱的你，就让我们留一份爱，温暖自己，许光阴的故事，在岁月里安静绽放。拈一缕心香，携一抹温柔，静守流年。我知道，也许不经意的转身就是一辈子，我明白，人有时需要把头抬起，把心放低。让我们都报以感恩的心好好珍惜彼此的相遇，因为这个世界没有一条路可以让我们完好如初地走回，不经意的错过也许就是永远、永远！

纷乱流年，陌上红尘，无论好或者不好都是一场花开，这都将是一场无法复制的轮回。匆匆的人生路口，我终于有勇气把心底的忧伤，抛到阳光里晾晒，守一份文字的优雅，看低眉浅笑的时光在一笺水墨里温润如昨。下一个转角，我会带着最美的微笑，迎接你温暖的拥抱。

爱，在岁月里尘香

季节瘦了清寒，就在一夜之间，十二月的天空氤氲了一个梦的期许。心底那个温润而隐秘的角落，藏着一枚落红的忧伤，还有一朵云霞的美丽，带着沉默的心绪，和隐隐诉说的渴望。

雨，停了。

风，歇了。

醒来时看到阳光透过珠帘暖暖地照在床对面的墙上，折射出七彩的投影，涂满憧憬的色彩。忍不住赤着脚，一身懒散地坐在窗前的秋千上，享受着暖阳的拥抱，让缠绵了许久的心事，慢慢沉淀成诗意的朦胧。

剪一袭岁月的华裳，盈满光阴的暗香，所有的烟火都可以依着岁月寂寂生长。将心放逐在文字里，半世清宁写在岁月薄薄的纸上，你可曾看到女子风中独舞的模样?

窗外，屋檐、树梢上的雪花，风一吹，就扑簌簌落了下来。宛若妩媚的女子翩翩起舞，美得让人惊叹。又好像一幅充满了童话色彩的油画，让人不舍把目光移开。

一曲清幽的乐曲从遥远的地方飘来，如清泉滴落的天籁，推开了一纸流年的窗。而我就在流年的角落静静安守着岁月的清歌，拾一抹诗心，收藏于岁月，待经年回眸，相信那些走过心间的感动、欢愉和忧伤，依然会在生命里动人、斑斓。

或许，多年后的某一天，我再次路过熟悉的路口，听到熟悉的歌曲，蓦然想到多年前那场不经意的相遇，心底会泛起深深的涟漪，将浮动的柔情慢慢疏离。那些念，那些被岁月的风吹瘦的故事渐行渐远，却已深深浅浅烙在心底，是流年里最美的风景。在心里的某个角落，它会像冬天里的幽兰一样静静绽开，有点酸楚，有些清寂。带着淡淡的温馨，牵着缕缕的忧伤。

红尘辗转，岁月里那些散发着淡淡墨香的文字，写尽了花开满径，清风绕肩，丰盈了心底的荒芜，润泽了生命美好，点燃了心底的渴望。这个冬季，我用虔诚的笔墨，潋滟这一程相伴的流年，许爱在岁月里尘香。

我，就这样在季节的角落里，诗里听潮，画里闻香，浅浅地敲下点滴的心情故事，温暖我们彼此坎坷的岁月。让爱在岁月的门楣上静静地绽放美丽，让岁月如歌，让四季如春。

我，就这样静静坐在窗前的秋千上，读一本书、听一首歌、品一杯茶、织一件美丽的衣裳。

时光清浅，岁月嫣然

我一直都是一个安恬的女子。不喜热闹，不爱喧嚣。闲暇时会给自己一杯清茶、一段音乐、一本古韵的诗书。会在午后或傍晚，倚在秋千里翻看从前的笔记，会因为一段音乐、一个电话写下一段段心情故事，和着诗香染着眉宇，在浮世清欢里浅释岁月感悟流年。会因一时的念想，拽起一缕缕毛线跟着感觉编织设计梦的衣裳。

这样的日子就如一杯清茶，在一口口的慢品之间，已到了季节的转角。

冬天不约而至。

冷风卷着枯叶肆意地吹着，落叶蜷缩在角落里轻轻地叹息。四季悄悄的变幻带来了几许苍凉，也带来了希望和喜悦。我一直相信穿越寒冬才会遇见温暖，经历艰辛才懂得珍惜。

似水流年里越来越喜欢这样素简安静的生活。一盏黄昏的路灯，一条深深的小巷，一句关切的问候，一个温暖的拥抱，还有什么比这样的风景更美、更温馨。它让文字散发花香，让心平平仄仄地沉醉，让故事在暗香馥郁里倾城。

我，就这样在初冬的影子里，静默着、安暖着、沉浮着。翻一卷闲书，任思绪在深远的光阴里跋涉。这个季节，给了我太多的感动、太多的回忆，美了回望，续约怀念一场。那些故事就这样在念与不念之间渐渐远行，翘首回望时，却常在心湖里荡漾。那些素色信笺的思念，那些远去的时光，温柔了如水的岁月，绚丽了笔下的诗行。

原来心一直在路上，一半明媚，一半忧伤。

此时，我静静地站在季节的角落，笑看花开花落中演绎着红尘里的繁华和落寞。守一段寂静流年，从晨曦走到暮色烟霞，从蒹葭水岸，走到沧海桑田。相信流年中最美的风景会在冬的沉寂中落定，让内心萦绕的是安静与恬淡。

一字落下，思绪万千。时光清浅，岁月嫣然。

携一缕暖意书一抹眷恋

今夜，月华如水，清风绕肩，我用凌空俯瞰的心境，相拥时光深处的暖。窗外，诗意的繁盛，途遇盛景，是流年里缤纷的饰缀。守一处清宁，与岁月对望，途经喧嚣万千，而我只想要随遇而安。

打开一段时光，我的记忆氤氲着一纸情愫，缱绻中将红尘故事落字为暖。沁染了倾心的烟火，旖旎了孤独的夜晚。每一次执笔拾忆，那些悸动心灵的过往，一低眉便入了眼眸，却不知怎样落笔素笺。漫步于季节的眉眼间，看秋日的画卷徐徐展开，在生命静谧处回望，优雅地步入下一站。

安然地拥一份盛绽的繁华与凋零的落寞，那些搁浅的记忆，穿行在忧伤或明媚的岁月里。我们心心念念，相信爱情的誓言，如一首薄词，从浓吟到淡念，最后在飘雨的季节被掩埋或者尘封，让我们不再轻易相信那些写在发白月光上的牵念。

重复的日子，把光阴中的每一天都书写成了平淡，烟火里诗意地活着，文字里幽居取暖，在白马过隙的时光里，掌心抚过沧桑流年。生活总是在我们哭过、笑过后才给一份懂得珍惜，我们守着属于自己的那一米阳光，尽情演绎着悲喜。心在岁月的长河中打磨沉淀，渐渐我们懂得了最好的生活，是平淡日子里的相依相随，细水长流才是永恒的温暖。

借此很想感谢编织人生论坛和我群里的姐妹们，感谢你们的信任和支持，感谢你们欣赏我的文字，喜爱我的手工。我被你们的真诚和信任深深地感动着，那些感动就如春天的栀子花香，摇曳着一路的温暖。如亲人的叮咛和关怀的目光，淡淡的相伴，清浅的守望。

感谢这一份尘缘，带来一世的温暖。感谢这份遇见让我在冷暖交织的岁月里，学会善待和珍惜。这一路，它让光阴的青藤长满爱的颜色，轻轻落在心梗上开出了一缕缕馨香。我相信年轮的辗转会写下满笺的清宁和珍惜，岁月的流失会留下一路的柔情和温暖。

不管岁月如何变迁，我都会将相遇的馨香萦绕心间，蘸就一抹经年的情意入墨，静静地携一缕暖意，书一抹眷恋。

拈一缕心香，守一卷经年

午后的阳光暖暖地照在身上，轻倚季节的角落，游走在时间的长廊。缱绻的回忆，落尽我半梦半醒的流年，轻轻叩动了往事的琴弦。我怀里抱着编织的毛衣，坐在窗前的秋千上，理查德·克莱德曼的《秋日私语》伴着我，在珠帘如星的暖阳下，编织梦的衣裳。

或许光阴太过闲适，会让人横生慵懒。躲过了那些红尘烦扰，我更爱凝一眸沉思，品凡尘素落。

我知道，每个人的心里都有一座城堡，里面住着不愿提起的往事，却又不愿时光消磨了曾经的眷念。所以，一路前行，一路回眸，拾捡着那些点点滴滴的温暖，描绘成红尘路上一道素白的风景，锦瑟年华，相依取暖。

推开窗，风微微吹动了阳台上的花花草草，它们如嬉闹的孩子笑弯了腰。文竹伸延出长长的藤，绕着窗开满了乳白色的小花，那种温馨让我醉在文字无法表述的温暖里。那些苍凉的岁月，在百折千回后，尘埃落定。轻颦回眸，素白的时光就此搁浅。听风，滑过指尖的声音，有笑语，穿过岁月静好。

风，吹走了时光，心底不经意泛出了淡淡的思念，浮光流世，习惯了与文字相伴。我在它的世界里寻一路馨香，将岁月婉约成素笺。淡墨飞花，半卷素心，轻吟着平仄的流年。在淡淡的欢愉和疼痛中寻找最真的自己，倾听灵魂深处的呼唤，任指尖触摸时光的脸。

曾经有很多朋友误以为我是专业写稿人，其实我只是喜欢倾心和文字交流，总感觉它是有灵性的。我醉在别人的文字里，深深被别人的文字感动。我笔随心走轻抒心语把快乐和忧伤，感恩和思念婉约在文字里。摇曳着一份清梦，一份期待。十指滑过，文字在指间散发着缕缕清香，醉了自己也醉了喜欢我文字的你。

此生愿借指间一墨袅袅的文字，染晕一抹童话的流年，让你我的故事在指尖上演绎成唯美的画面。浅浅吟诵，只为心灵深处的那份悸动，不管诗和远方前行的路上还有多远，我都将静好的时光斟满杯盏。指上光阴，将心停靠，拈一缕心香，守一卷经年。

亲爱的爸爸

总是向你索取，却不曾说谢谢你。

直到长大以后，才懂得你多不容易。

每次离开总是，装作轻松的样子。

微笑着说，回去吧，转身泪湿眼底。

多想和从前一样，牵你温暖手掌。

可是你不在身旁，托清风捎去安康。

时光时光慢些吧，不要再让你变老了。

我愿用我一切，换你岁月长留。

一生要强的爸爸，我能为你做些什么。

微不足道的关心，收下吧！

谢谢你做的一切，双手撑起我们的家。

总是竭尽所有，把最好的给我。

你牵挂的孩子，长大了。

听到这首歌时，泪水情不自禁夺眶而出，我想到了我的爸爸。想到了这些年他的操劳，他深深的爱和默默的付出。

夜幕骤至，灯光徐起，那些记忆，躲在暖黄色的光线下，在镌刻的时光里来来往往。

七岁之前，爸爸在我的记忆里是模糊的。留在我脑海中最深的印象，是我躲在奶奶的背后，悄悄地看他来又默默地送他走，那种复杂的心情是想亲近却又惧怕。爸爸，在我的眼里是一位熟悉的陌生人。

解开这个心结，是到了我结婚以后。

也许，是因为太小就分离的原因吧，彼此之间只能用“陌生”两个字来形容。在爸爸、妈妈的面前，我已不知道该怎样口头表达自己的关心和爱，反倒是文字的表达，对于内向的我来说，好像更容易一些。我渐渐习惯了在平淡的生活中用心去感受，用行动来表达。那个心结在心底，却始终是解不开的疙瘩。日子就这样流水般过来了，那些细腻的情感被岁月掩埋。有些话习惯了埋在心里，有些误解也不想去解释。只是，有时会心疼，有时会感动，它们在提醒着我，我并不是不在乎家的温暖，父母的爱。

直到有一天，我从爸爸妈妈那边回来，刚进门就接到爸爸的电话，我以为是他们忘记了什么事情要交代。可爸爸对我说的第一句话是：“孩子，你今天怎么生那么大气？”我握着电话一下子没有想起是什么事情。沉默了一会说：“没有啊。没生气。”爸爸的语气变得轻松了，说：“没生气就好，气大伤身，有什么事情好好说，别总是生气不开心。”挂了电话，我忽然就哭了，为自己的不懂事，为爸爸的关心，复杂的心情一下涌上心头。心中有千言万语想对爸爸说，却如高速路上的堵车，思绪都停顿在了满满的爱里。

第二天下班回到家，看到爸爸在厨房忙碌的背影，有一种好温暖，好心疼的感觉。爸爸老了，脚步蹒跚，背影微驼，在我的不懂事和岁月的不经意之间，皱纹爬满了他额头，风雨染白了他的黑发。我默默问自己："你还要吝啬着不说出那些心里的话吗？还要那些该死的心结吗？明明深爱，却不敢表达。为什么不能在爸爸、妈妈健在的时候，力所能及地做一些让他们开心的事情？"

亲爱的爸爸，其实我一直都很崇拜您。您就是女儿这辈子唯一的偶像。从种花、画画，做手工、到厨艺，创意和不落伍的思想，让我从心底里佩服。只是，我从来不愿说出口。

流年似水，往事如烟。一路走来，您教会了我如何面对人生的挫折，让我学会用坚强书写属于我一个人的精彩。也让我相信这个世界有父爱的地方，就会有温暖，阳光灿烂。

父爱，一半隐忍，一半深沉，父爱，平淡如水，浓烈如酒。我知道这些文字的分量之轻无法承载父爱的厚重，也怕絮叨的诉说打破长久以来父女之间的默契。

我，就这样默默地看着您慈祥的笑脸，低下头，任您一脸的岁月风尘碰落我眼眶里打转的泪珠。时光会冲淡人的记忆，您的爱却越来越清晰地留在我的心里。

亲爱的爸爸，女儿的脚步里有您太多太多的叮咛，我知道您的心里有太多的牵挂。女儿再大，走得再远，也走不出您关爱的视线。操劳了一辈子的您，该歇歇了，您的健康长寿才是女儿最大的心愿！

秋天的深处

一帘秋，一窗雨，一缕思念，秋雨过后落在素白的纸笺上。晕染于秋心，泛起涟漪。思念就好像一只孤蝶任羽衣蹁跹。烟波里，却再也寻觅不到旧时的模样。

我们行走在一砖一瓦堆砌的年轮里，笑过、哭过、爱过、恨过、舍不得、放下了，撰写了一段段离落的惆怅，忧伤了笔下的文字，也渲染了书签上字符的柔情。

一路走来伴随着记忆，过往就好像老旧的唱片断断续续回放，散落深深浅浅的痕迹。那些不曾放手的执念，最终被岁月染成一幅美丽的画卷。此时我们唯有怀一颗淡然的心，笑看这风生水起的人生，将最美的花香，安然心间。

人生就好像这秋天，不只是落叶的苍凉，还有丰收的喜悦。不只是真情的相守，还有不舍的别离。静谧的月光下，牵念轻柔地蔓延，我笔下的文字，从清瘦写到丰满。我从一轮月缺，等到了月圆，在堆积的文字里和你相见。

时光清浅，携一抹感悟于流年。有些事，不需要刻意去理解，岁月会慢慢给我们答案。有些情，不需要执着，岁月会慢慢提醒。其实，我们的流年里早已注定会有那么一个身影，一座城市，让我们甘愿为其低眉，做了那朵尘埃里的花。

深秋，一个思考的季节，一个思念的季节。感恩生命的赋予，不管在这一生遇到谁，是瞬间还是永久，是快乐还是悲伤。我终究还是可以微笑着让人生伴随着浮嚣，赏沿途季节如画。我相信每一站，有忧伤、欢喜，就一定有收获、成功。每一站，有领悟，心底便滋生感恩，人生，就该活得坦然。

今夜，凭借秋风私语，沏一杯清茗，冷暖自给，悲喜自酿。让那些感人的爱情故事不在风中独自飘零，穿过静谧的夜定格在年华里，成为回忆里最美的风景。翻过唯美的画卷，我终于明白了那些看似寻常的烟火，才是生命最真实的轮廓。

无论岁月如何沉浮，我依然愿意让心底保留一处最原始的底色。浅笑如初，用生命之笔专心描摹，用岁月之笔诠释生命简然之美，让快乐清浅而行。

亲爱的，我愿意站在秋天的深处，拈一颗素心与流年，退却指尖浮华。揽一份悠闲诗意，静静地以时光对饮，拈花浅笑在光阴的角落里——等你。

等你，一起浅吟低唱，秋的乐章。

水墨江南

落叶伴着薄薄的纱旋舞着，初秋的美朦胧了散落一地的月光。岁月如我流年里一叠叠文字的双眸，窥视着璀璨奢迷的夜，诠释着那份执着的牵念。

我就这样静静坐在散淡的光阴里。以散淡而迷醉的神思，将长长的线环指尖轻盈拨弄，如同流水般的乐曲，随心所欲地编织着梦里的衣裳。

多少次梦里邂逅烟雨江南，撑一把油纸伞在悠长的雨巷看你渐行渐远。淋湿的落花和那首不知沉睡了多久关于紫丁香的诗，纠结了油纸伞的爱情也给古巷增添了诗情画意。

用一段流年，为你的故事画上一个句号。借一程风景，回到青石板路的转角，尘埃早已把岁月模糊，却仿佛又听到千古绝唱。

水墨江南，清雅里带着诗的韵致。水墨江南，有着多少诗意的传奇。水墨江南在凄迷的烟波中穿梭，又在空蒙的岁月里沉淀，此岸，彼岸，撰写出前世今生的缘。如若可以，我愿在清浅的时光里为你拂去倦容，在阳光的褶皱里抚琴一曲越千年，合上双眼，许一场隔世相遇的温暖。细细珍藏起这一刻的恬静，静听指尖与指间的呓语冉冉划过季节的年轮，梦落水云间。

千回百转，那种温暖今夜又穿过我的发间。当记忆爬满了苍绿，当岁月的年轮碾过满地的尘埃，静守一份安暖。我，依然会在这里等一川烟雨，梦一场江南，为你轻舞一段岁月花香，为你铺一段情深路长。

邂逅一袭花香

风，会记得一朵花儿的香。雨，会记得泥土的芳芳。记忆长廊里那些感动和温暖，总会不经意间悄悄托起心底失落的太阳。那些岁月铭刻下的擦肩或相遇，早已将一路旖旎婉约成美丽的诗行。媚了时光，醉了心田，流淌在幸福的指尖。

——题记

红尘中我们都是岁月里的一粒流砂，一路奔腾满怀梦想，写满殷殷的期望。站在等你的路口，几许清寒盈袖，转身回望才发现在岁月的追逐中，我们早已掩埋了真实自己。掩埋了最初的纯真，掩埋了年少的梦想。只是一路走来那些惊艳了时光，温柔了岁月的故事依然散落淡淡的幽香，依旧会在梦中风情万种。它让我们彼此平静的心忽然褶皱、感动、泪流。它把故事旖旎成温润的诗行，任时光渐行渐远，装点了我们斑驳的流年。

人生的路坎坷重生，谁又能走得一路平坦呢？我们都需要一份对生活的理解，对岁月的包容。泅渡岁月，凝一指沧桑，相对于浮华，更倾心于恬淡。我们以感恩的心站在世界的角落，面对人生路上的点点滴滴，那些对与错的纠葛，又怎抵一份对生命的真诚？

漫不经心地敲下这些只言片语，心中有了一种释怀的感觉。

人生中有一种风景，总是在意料之外。

习惯了行走在文字的世界里，与时光对饮，在文字中安然。习惯了心与文字的交流，坚守着心底那份执着的念。习惯了用文字抒写心里的感怀，用感怀的心声填补生活遗留的不足。躲在光阴的一隅，回望流年，静静地抒写一份对岁月的感言，对人生的感悟。

当夜风悄悄地滑过指尖，将岁月的酸甜苦辣婉约成素笺。浮华流世，淡墨飞花，悲伤也好，欢喜也罢，终将化成浅喜深爱的回眸一笑。尘世间有着太多无从把握的东西，亦如十指合掌的誓言经不起流年，只留下一些念，幽幽怨怨，弹指若烟。

五月最后的风拥抱着珠帘。房间的每一个角落花香袭人，那些珠帘碰撞的私语听起来温馨弥漫。一杯茶，一缕月华，一剪清风，一首久违的钢琴曲，带我走入往昔，静看晨曦微露，日落烟霞。无论世事怎样变迁，素心依然，心静如莲。

在我们生命里那些红尘陌上的相遇，无论是惊鸿一瞥的翩然，还是风雨携手的相伴，相信都是前世所牵系未了的尘缘。而岁月就是这一段段缘分拼凑的一份生命的完满。岁月轮转，总有些无法舍弃的风景，无法言语的柔情，犹如一份春阳的暖，滋润了心扉，温暖了流年。

佛说：前世的五百次回眸才换来今生一次的擦肩而过。那我们是不是为了今生的相遇在佛前苦苦修炼了千年？捻一份穿越红尘烟雨的念，两心相系，风雨相伴，相依取暖。

我一直相信——风，会记得一朵花儿的香。雨，会记得泥土的芳芳。记忆长廊里的那些感动和温暖，总会不经意间悄悄托起心底失落的太阳。那些岁月铭刻下的擦肩或相遇，早已将一路旖旎婉约成美丽的诗行。媚了时光，醉了心田，流淌在幸福的指尖。

拽一缕秋的颜色，织一件梦的衣裳

你看，时光拽着季节的衣角，悄悄地走过四季轮回。静心素雅，涂抹着晚秋最美的画卷。让我们经历夏日的狂风暴雨，看到秋天浪漫的色彩。

沉稳的红、优雅的绿、高贵的蓝、成熟的黄。亭亭玉立的秋，绚烂而不娇柔，美丽又高雅，它在笔墨里花开，让心底生出盈润的感动。

浪漫的秋天就好像一个有故事的人。在它的怀抱里，每一寸土地，每一片天空，每一丝空气，都在淡淡地讲述着世间的悲欢离合。

我深爱着这个童话般的季节，在这个童话的世界里，我是一片旋舞的叶子。那种深深的眷恋是心疼，是不舍，是期盼也是放手。

此时窗外的街灯下，飘着这个秋与冬转角的第一场雪，漫天飞舞的雪花让人感觉冬天已来临。它们像天空洒落的星星，唯美了如花的曾经。我情不自禁打开心窗，把它们装进世俗的行囊，看树枝在风中摇曳着光影，点燃心中失落的梦想。那斑驳的记忆伴着淡淡的茶香袅袅升起，一份灵魂的深藏，让凡尘的心事变得温婉，手挽诗韵墨香，柔软一段流年芳菲。

就让我做光阴里的一个素色墨客吧，用温暖的文字，明媚季节的眉眼。忆春风里的喜悦，夏日狂风暴雨的惊慌，站在秋日的淡然里，今天，终于有勇气转身回望。

记忆中的红尘往事，在文字里流淌着心念脉脉。字里行间的情谊，停留在心灵的港湾，许时光安然。

亲爱的你可看到，我站在季节的风中，轻笔淡写着流年的诗篇。小心翼翼地拾起每一次的回眸，捧在掌心，如同握起你温暖的手。任光阴催促着年华，我只想用经年里的一抹幽香，赋予岁月一份悠然。

我终于明白了，温馨的岁月，要用平淡的心温暖。于是，我选择了萦绕的思念，守这一世清欢，用错落的文字诉说着爱和遗憾，在古色的诗句里折叠着眷念。

放逐一段漫长的想念，渴望着十指相扣的温暖。水墨年华里，让有梦的地方，都变成最美的时光。

书一锦落地生香的过往，拽一缕秋的颜色，织一件梦的衣裳。用一颗如莲的心，在岁月的枝头摇曳成安然的守望。

遇见花开
遇见，许时光一个永远

我们不是说好了吗

这个秋天带着满满的惆怅向我走来，笔尖下流淌着秋的押韵，写满了淡淡的思念，淡淡的忧伤，写满了秋雨缠绵和淡淡的牵挂。那些藏在红尘深处的斑驳和沧桑被我深埋在这个秋天里，带着岁月许我的真挚，洒下希望的种子，虽然我知道它不会在冬天发芽、开花。我把所有的眷念落墨在一笺清浅中，只为岁月留住芳华。

走过那些心灵的雨季，站在季节之外，我终于看到那个散落长发留下背影的自己。原来，穿过岁月的风寒，我只是如秋蚕作茧，把一腔柔情，一团缠绵，慢慢绕在了自己的身上，隔着万水千山演绎着忧伤的永恒。只是一个转身的距离，昨天已海雾般飘散，只有我，还留在原地看潮起潮落。

就这样任凭思绪潮湿如夜雾，捧一杯清茶，闻着袅绕的清香，看杯中的茶叶慢慢沉落、静止。就这样任凭思绪从这个熟悉的窗口飘远，让收不回眷恋被风中的长发丝丝抽打。

秋天的深处，街头巷尾，花瓣已悄悄地凋零，黄叶也在风中旋舞，叹息着从枝头飘落。那些融入生命的琉璃，穿透了身体，流泻着缄默。我深爱着的秋，就这样不经意把昨日弹唱成一首忧郁的歌。我深爱着的秋，就这样不经意把那么多的偶然从心中研成了粉末。

秋风萧瑟，秋意渐浓，轻舞如蝶的落叶，正深情地演绎着一场如梦般的红尘修行。落日下它是一道美丽的风景线，却在我的心里变成了揪心的疼。

就让我拾一份温暖，走过那些伤感的岁月吧，听梵音浅唱，温暖前行，任凭秋凉，不染伤。就让我回过头去站在你望着我的角度，摇曳岁月深处的冷暖，不负一场红尘韶华。亲爱的，生活中没有如果，爱的历程不能修改、涂抹，错过就是错过。岁月的经筒不停摇转，人生就是一场回不去的单程车。

感谢你曾让我那么单纯地去爱，让我单纯地为一个人全心全意付出。

感谢你让我体会到心疼和思念，感谢你让我走过难过和失落。

感谢你曾给我一场美好的向往和期待，让我身不由己地变成更好的自己。

我们不是说好了吗，亲爱的，你一定要幸福！

这是自始至终我最想要的，也是我最真的祝福。

我终于明白了，人生真正重要的不是生命里的岁月，而是岁月中的生活和那些感动着你我的过往。

风，拂过脸颊上的泪水，我释怀了。我已学会了微笑着抖落一襟的忧伤，与初心相伴。愿天涯的你我，各自安好，是否晴天，已不重要。

秋韵

窗外潇潇的雨，就好像弦乐三十二分音符的齐奏，几分落寞，带着淡淡的忧伤。

低眉，轻嗅一朵光阴的美，那些岁月划过的痕迹，那些秘而不宣的心事，犹如窗外的雨，婉约成一首深情的诗篇。

秋雨终于洗净夏天的暑热，悄悄给大地换上了金色的秋装。远远望去满街的凄清却又充满了淡淡的诗意。

这是怎样的一个季节？我又该用怎样的语句去抒写？

应该就是江郎才尽的感觉吧。

“好美”，此时能滑过脑海的只有这两个字。

在这潇潇的秋雨中，树叶一层层地变黄了。它用秋的语言轻轻告诉我们：我来了，又将离去。这一刻时光的轻盈和生命的厚重，浅淡地在流年里相融了。随着秋风的脚步，我将雨落写成诗意，将这光阴中的安静守成了清喜，爱上了一个人的时光。

我已记不清楚为什么爱上这个季节，但却深深地爱着，那么彻底。融入这个秋末，冥冥中我感觉有一种东西在向我呼唤，让我的心渐渐变得透明，只为这一季，留恋这烟火人间。

透过雨帘，天籁和箫音正把我演奏成一节深感透明的音符。我随夜风拥抱着你，让我感觉到你存在于我左右。你的拥抱又让我感觉到世界离我那么近，仿佛伸手可及。秋，让我如此痴迷，也让我变得更宁静。感谢生命给我的馈赠，让我于文字中修篱种菊，用深情的笔调，记下岁月的痕迹。

季节的转角，躺在灵魂深处的诗行在雨的轻柔里，倾斜出焦灼的渴望，我在一抹诗意里，用红笺小字，续写爱的轮回。

我就这样坐在秋天的秋千里静静听着喜欢的歌，惬意地编织着手里的毛衣，想象着冬天里的温暖。任年华染春裹秋，写就心灵最美的诗篇。

遇见，许时光一个永远

雪夜情思

傍晚时分，窗外飘起了雪，它们踏着一地沧桑，轻歌曼舞。相互拥抱又分开，不舍却无奈，仿佛是在缠绵着一阕灵魂的传奇。

倚在窗前透过珠帘远远望去，朦胧的街灯下好像是一个童话的世界。很美，美得让人不忍心去打破那份宁静，好像轻轻一触碰，这一切就不存在了。

穿过北方的冬夜，心中的痴念，固执如初。那一抹念想，在岁月里葱茏。面前的这条路，在这个雪夜忽然间变得如此陌生，搁浅的尘事，安静地在光阴的角落，不敢触碰，怕一不小心就书写成一笔深冬的风情。

这是那条回家的路啊，多少个日子我就这样站在窗口送你走，等你来。那些曾经感动你我的故事，在时光的画卷里，刻下了永远的痕迹，在记忆的纹路里低吟浅唱一首眷恋的歌。

用如尘的素心，把自己低入尘埃，祈老去的故事里可以让我们邂逅一段千年的旧时光。用如尘的素心，伴你走过一程山水，穿越人海，触摸岁月的安暖。我知道，不是所有的等待，都恰逢花开，慈悲的岁月里，也会结满伤怀。可低眉的忧伤里，我却依然心甘情愿为你的微笑撑起情感伞。

轻轻关上房门，踏着你走过的路，走在大雪纷飞的街头。雪花旋舞飘洒落在我的长发上，轻抚过我的脸颊。我犹豫着伸出双手去迎接它，却看到它在我的掌心慢慢融化，弹奏出一首深沉的情歌，音符里写满了我的牵挂。

夜风里，轻舞着一缕梅的暗香，恰好，你的影子路过我的心房。远方的你可曾听到，我已把你念成了一叠生香的文字，染醉了相遇的时光。那些深情的段落，无意之中涂抹成诗篇，许光阴的故事穿越记忆的帷幔，温柔绽放。

剪一段记忆，织一件缘分的衣裳，你来我往的人世间，聚聚散散，等你，在最初的地方。不在乎缘深缘浅，相信都是命运最好的安排。

是谁说过太多的忧伤有时需要笑容来装饰？那么笑容的背后需要有多坚强？我抬头望着雪来时的方向，微笑着，却有泪光。

如果说相遇时，就注定了要分离，那么就让我关上心灵的窗，让门前阡陌荒芜，看不到一行足印，直到在另一个世界里你再一次造访，弹出灵魂的篇章。你守着诺言，我没有失约，然后你说：嗨，是你吗？我找你好久！

我们拥抱着笑了，眼底再也没有忧伤。生命里，充满了一眼一念的欢喜，沿着每双脚印，都能带我们走回幸福的记忆，如指间翻过的书籍，如枝头洒落的暖阳。

风的季节

六月的风挣脱了春天的妩媚，抹去了一些别后的念，迈着俏丽的步伐点缀我沉睡的梦想。

一缕牵念，仿佛还是来自那个秋天的深处。故乡的小路，故乡的亲人，儿时的我和您那双温暖手此时都变得模糊又清晰，感觉就好像两个不同的自己，相遇在不同的时空里。她们在稀薄的阳光中轻松地成长，走着一个人的路，却做着两个人的梦。

那些温馨的故事，那些无法言语的情感，成了生命中一帧缄默的风景，挂在六月的眉梢。我就这样安静地坐在窗前的秋千上，翻阅着从前的光阴旧影，不知道该怎样想象您的夏天，正如我不知道该怎样祈祷远山的预言。

风蚀的光阴，终将心事沉淀。沧笙踏歌，蒹葭水暖。空气中缓缓流淌的炽热，又怎能苍白心底那些深邃的思念和感动。我傻傻笑了，又心疼地哭了。情不自禁涌出的眼泪已把思念浸碎，梦里梦外那些温馨的点滴，越来越无法舍弃。许多不懂的事情终于懂了，恍悟后才知已太迟。许多事情过去那么久，一瞬间却变得越来越清晰。

读不尽的水木年华，写不完的岁月如歌，我知道，明天还要继续。浅浅地行走在风的季节里，用浸满回忆的信笺把您追忆，今夜,就让我隔着一段红尘的距离,深情把您拥抱,遥寄爱的小语。

看一幅美丽的油画渐渐斑驳，听一曲伤感的弹奏隐藏眼睛深处忧郁的湖泊。叹，往昔就好像青青的橄榄，岁月之唇上一滴苦涩的往事，丝丝缕缕的清香，喂养着绵绵的回忆。

伴着六月的栀子花香，想念您！走过别离的路口，我已学会用一阕暖香，把那些似水流年，镶嵌在那段最温暖的光阴里。

你听——寂寞在唱歌

世界那么大，你说要多有缘我们才会遇见，才会认识。

——题记

听说，回忆是一种味道，让一袭温良若水的心念淡然日出日落的相牵。在时光里起伏，千般思绪不经意间滑落，一枚心语洒落在静逸的光年。把久远的故事，久远的你写在风里，只为，轮回里的一次擦肩。秋风叠起，眸动一眼柔情，温润了思念的苦涩，也放任了寂寞的文字。

今夜暴雨过后，月色如洗，推开窗微凉的夜风轻轻地拥抱着我又转身离去。伴着一首掺和着淡淡忧伤的单曲，坐在书房窗前的秋千上，置自己在唯美的歌词中，任记忆在跌宕起伏的韵律中慢慢凝固、散开。

透过淡紫色的窗帘，珠帘像是星星的眼睛洒落一地的倒影，朦胧中就好像遥不可及的昨天。深深浅浅的念，轻触时光，任那些凌乱的思绪飘来又飘去，素锦年华里这一场不经意的红尘相遇，乱了心事，醉了梦境，折了羽翼，淋湿了满怀的柔情。

曾经以为可以经得起繁华笙歌的流年，最终划破了一切的自以为是。湮没的时光里那些思念变成了一种对昨天的祭奠，人生的故事无须浓墨重彩的渲染。暗夜，那缱绻的一抹清愁，与你无关？与爱有染！

秋风吹散长发，散落在脸颊，像心事坦然倾泻在月光里。泥土和花香的味道，伴着你悄然在我心灵深处墨香里行走，我静静地守候着那些天荒地老的誓言。过往，点点滴滴、深深浅浅，盛装了被风劫走的岁月，在我心底最深的角落折叠成厚重的记忆悄悄安了家。

亲爱的你知道吗？那些我流泪的深情，执着的牵念，只是为了在最深红尘里，和你一起奔赴一场没有世俗琐碎的爱恋。只是为了和你一起，牵手走过激情燃尽仍守着情丝满满岁月的季风，笑看岁月清浅，默守时光静好。可如今，你终究教会了我在时光流转缝隙里，怎样以恬静温和的笑容在千回百转的岁月里，寻一地安好，存一份美丽。

于是，我习惯了听寂寞在唱歌，不再留恋你掌心的暖，不再惦念有你的城市。尘封过往那些感动我的故事，煮一杯如水的文字，守一份淡然的温柔，许自己一份美丽的心情，在简净的岁月里让每一次的相聚和别离成为生命中最精致的风景。

隐去那些相遇的暖，抹去那些别后的念，我，站在岁月的季风里清净、祥和，唤醒了一抹蔚蓝。你还是原来的你，我还是原来的我，透着自己的清欢。

浅秋，安暖

流年，平凡的烟火里，年华匆匆。那些过往旧时光里的温暖，泛滥、散落成了浮世的深情。让岁月不再遗憾，让年华重拾欢颜。

暗夜，我行走在悲欢交错的文字里，把一缕深藏的情意凝于笔端，在季节的转角处，写实一篇惊鸿的遇见。拥抱着平淡的光阴，怀着素素的心，小心翼翼地触摸着永远。

不管是亲情还是爱情，它们都无声无息地温暖而绵延，为穿尘而过的岁月素笔添香。

昨夜写了那篇“妈妈，我爱您”，在编织人生论坛的帖子后面看到了很多姐妹的留言支持和鼓励，很感动。在这里，由衷地感谢编织人生这个优秀的平台给了我参加九色鹿第八届编织大赛活动的机会。还要感谢评委们的肯定和论坛姐妹们的支持和鼓励，之后才有了妈妈陪我去上海参加艺术节的故事。

说心里话，这些年我不止一次地提出带爸爸、妈妈去旅游。可是总也拧不过老人，次数多了我也就不好意思勉强了。一直以来总以为爸爸、妈妈拒绝的理由就是他们说的那样，年龄大了，出门太辛苦、太累……

直到这一次我才真正明白了爸爸、妈妈的苦心。不由从心里暗自责怪这些年自己的粗心。看到一年年老去的爸爸、妈妈，看到他们步履蹒跚的背影，我真的心疼了。一夜未眠，心事重重。我无数次问自己，还能为他们做些什么？

今天午饭后在我转身要离开时，儿子忽然叫住我："妈妈，我看到您博客里的文章了。"我看着他又低下头。

"哦"，这声音轻的好像只有我自己听得到。

"我是说您昨晚发表的那篇博文，妈妈，我爱您"他的声音也轻了下来，"我都看得落泪了"。

忽然，我的眼泪也像断了线的珠子落下来。说不清是委屈还是心疼，就那么哭了。宝贝啊，谢谢你能理解妈妈，也谢谢你心疼妈妈。那一刻，很想给你一个大大的拥抱，可是，哭得一塌糊涂的我没好意思。相信这份懂得，会是生命中最温情的告白，在平淡的流年里，典藏生命纯真的厚重。

在四季的轮回中，内心深处的潮湿终于安置了那些老去的光阴，让岁月的深情延续着柴米油盐的烟火。叹，分分秒秒斑驳了岁月的光晕，念念不语的流年里，漫漶了多少岁月的悲喜？又珍藏了多少世间的真情？此时，多少念想在这一世的牵挂里不眠不息！

九月，我把爱藏在最深的懂得里。放飞那些飘零的心语，我想若能在每一笺文字里都写满珍惜与感恩，岁月的纸背上一定都是念念不忘的美好。

拽一缕秋风，捧一杯秋雨。今夜将温暖种在干净美妙的文字里，我知道它散发出的花香，一定是阳光和爱的味道。

我的心微笑着启程了，守候一程程风景，牢记一路上最美好的时光。将一份凝眸的精美轻轻摇曳于心间，将一份真心的祝福送给我最亲爱的爸爸、妈妈。

浅秋、安暖。流年，因为懂得而深爱。

妈妈，我爱您

笔端的纤纤细语，弥漫着夜空。用最初的心一遍遍品尝，那种无言的温暖让我把埋藏在心底深处那些解不开的心结悄悄打开，给了我勇气把潮湿的心拿到阳光下晾晒。感谢您，把我的目光放回了我的眼睛，启迪我破译感情的密码，让我真正懂得包容和深爱。

——题记

这次去上海参加编织人生艺术节，让我感到意外的是从不出门的妈妈主动提出要陪我一起去。

启程前的那些日子里，在我的心里有很多版本的想象，有不安也有期待。因为那么多年来，我从没有和妈妈单独相处过，更没有机会一起远行。

我出生不久，爸妈就把我送到了老家爷爷、奶奶的身边，从我记事起心里就没有爸爸、妈妈的印象。爷爷奶奶的加倍疼爱，让我的童年并没有感到孤单，我在爷爷和奶奶的呵护下快乐、幸福地长大，日子过得简单而精彩。我以为日子会一直这样下去，直到有一天爷爷和奶奶把我叫到身边，认真地对我说爸爸妈妈要接我回家了……

一瞬间不知所措。

我不知道这个家里，我要面对的是怎样的生活，心里有一种恐惧和强烈的对抗。

我哭了。无论怎样哀求和不情愿，我还是回到了爸爸、妈妈的身边。我变得不爱说话，因为我不知道该怎样和爸爸、妈妈交流，在我的眼里他们很陌生也很严厉。看着依偎在他们身边的弟弟，看着爸爸、妈妈温暖的笑脸，心里藏匿着淡淡的感伤，总觉得在这个温馨的画面里我像一个局外人。

那些年就这样过来了。隔花遥看，自思量，花笺写满了暗涌的惆怅。日复一日陪伴我的依然是画画、写作，借文字的香暖，希望能聆听朝暮的思念。我把心事写在日记里，把梦想画在纸张上，让心渐渐变得柔软，时光不再漫长。

我长大了。

结婚了。有了自己的家，有了宝宝，我从心里体会到了做母亲的辛苦。站在另一个角度去看老去的爸爸、妈妈，我更不知所措了。我爱他们，却不知道该怎样表达。我心疼他们，想要为他们做更多的事情，却不知道怎样交流。说实话，我心里很不安。我知道我做得再多，心底深处的心结还是没有打开。我没有在爸爸、妈妈怀里撒过娇，没有拥抱过他们，每当我把宝贝拥抱在怀里的时候就好想爸爸、妈妈也拥抱我一次。每当宝贝依偎在我的身边不停地讲述他的心里话时，我也好想有这样的机会可以在爸爸、妈妈身边说说心里话，可我始终没有这样的勇气。

这次短短的十多天里，妈妈陪我去上海参加艺术节，我带妈妈去旅游，心一点点被温暖融化了。牵着妈妈的手，看着妈妈脸上的微笑，听着妈妈晚上熟睡的打呼，感觉好温暖好幸福。

我在妈妈的温柔中行走，唤起心底那一份深埋的渴望和柔情。

“妈妈，我爱你”，我却始终没有勇气说口。

那天在千岛湖漂流，看到妈妈的勇敢和快乐，我的眼睛湿润了，后悔没有早些年带她出来走走。让她的微笑更多、更灿烂。

返程的路上妈妈笑着说：“这次出门很开心，难怪那么多人喜欢旅游，去了那么多地方，这辈子死了也没有遗憾了……”

我背过身去，歉意的眼泪落下来。原来爸爸、妈妈不是不喜欢旅游，而且怕给儿女添麻烦、怕儿女会不耐烦。

我们长大了，爸爸、妈妈都老了，而他们的要求也越来越简单。也许有时只是一个问候的电话，无声的陪伴，对于他们来说，都是一种奢侈。

我们长大了，爸爸、妈妈都老了，趁他们身体都健康，请带爸爸、妈妈去旅游。让岁月不再遗憾，让华年重拾欢颜，在时光的缝隙间安然相伴，一程安暖。燃烧生命中最真实最动情的自己，为了答谢人生中值得珍藏的短暂岁月。

墨染尘烟

醒来，窗外飘起了绵绵细雨，滴答，滴答落在寂静的窗棂上。似乎是从遥远的幽谷传出来的乐声，悠远而空灵，滋生出丝丝寒意，轻点墨染，摊开诗卷，穿过雨帘，绵绵的软语呢喃旖旎了一帘心事。

安静地坐在窗前，听风、听雨、听落花，心底的那一抹念，穿越千年的尘烟，在指尖舞落一世柔情。等一场如诗的邂逅，暖一场两个人的相逢。在一段清浅的时光里，将灵魂在文字里安放。

就这样，站在光阴的角落里。看流年的风吹过，把盏研墨，约一份缥缈的雅致。在一场落雨里握住所有的安详，念那些温暖的相遇和惆怅的别离。我知道，眸光穿过红尘路，眉宇间不悔的微笑，便是我经年写下最美的一笔。

看落叶盘旋飞舞，听落叶深情低诉。沐浴着流水的时光，文字里静静将过往安放。让时光的笔在岁月的纸笺上写下沧桑，给人生一份沉重的缅怀。摇曳千年的经筒，褪去一身尘埃，斜倚如梦令的前世，一壶月光伴秋凉，浸墨飞宣，文字生香。

喜欢坐在文字里，安然守一份初衷，让思绪的花在指尖淡淡飘香，穿越红尘，回到人生初见的时光。把红尘邂逅的美丽和哀怨酝酿在时光的流韵里，用文字倾泻着一份真情，温馨岁月，感动人生。

眷恋着深重的过往，花儿落了满地的惆怅，那一场久去经年的故事里，借时光之笔，舞一场岁月情长。煮一壶闲茶，焚香听雨，弹一曲轻音，研一池墨香，展一尺素笺，让温婉如花的文字轻舞着深情折叠的浪漫。

行走在文字中感受心灵的悸动，和相隔天涯的你用文字沟通。放不下的春花秋月，遣不去的人世情怀，一杯清茶陪伴，一曲心音召唤，许简静的日子变得活色生香。

念一段落花流水的邂逅，惜一段天涯各安的离殇，沦陷了谁的眼眸？又湿润了谁的眼眶？流年里任凭着岁月的信笺上，写下暗香盈袖的诗行。当落花把岁月的沧桑演绎成季节的轮回，那些写进心扉的故事，早已婉约成一束如蝉的光阴，辗转回眸，宛如一场梦的低吟浅唱。

谁又能许我下一世的倾城绝恋？

当微风吹过散落的长发，那些写满了琉璃心语的素笺，依然在时光深处耳鬓厮磨，醉了流年，暖了时光，我终究还是放任文字在我的指尖沾上了罂粟的味道。

轻轻地剪一段时光，静静地将思念铺满……

叹，人生若只如初见，怎会墨染尘烟。

九月

九月的雨带走六月的流萤，秋日渐深的微光还有些耀眼。我迷惑地望着窗外的天空，惆怅盈于眉间。

九月，穿过炎夏带着残留的温度，在窗棂上绣上一朵雾花。我扶着往事往回走，用一朵如莲的心，洇渡成水墨的婉约诗句写入流年。

九月的细雨微凉，像散落的思念弥漫。今夜，是谁看入了双眼，又是谁放进了心坎？四季的时光流转，手心紧握的温度在变幻，时光的客栈，任何逗留的欲望都是一厢情愿。我们的青春就好像上帝恩赐的偶然，如烟火的灿烂最终平凡。

九月，我借初见时一样朦胧的夜色，用相思的笔墨，写下那些在文字里的相约。你听夜深草丛中的虫子还在吟唱单调的曲子不知疲倦，那些你我的故事却已不在惦念最后的精彩。街灯下的故事在转角忽然不见，曾经却有那么一个人可以深情相伴，曾经却有那么一个人白首不离共人间清欢。

九月，风漫过琴弦，落在笔尖。一支素笔落在纸上惊醒记忆的碎片。若有惆怅，与我的温暖而决绝对望。无言的深情，又何尝不是开到荼靡的美丽。就把它交给夕阳，落花飘雨的季节不会被软软烫伤。

九月，伴随着素色流年渐行渐远，微笑着剪一段过往，凝聚一脉馨香，在浅唱低吟中盈一杯诗意轻落笔尖。用生命的感悟，承载一笔笔经年。我拥抱着青山秀水的温婉，老在光阴的杯盏，回报岁月的是：一程烟火里的安暖。

人生若只如初见

雨夜的思绪，因思念阑珊了所有的记忆。我静静地游走在宁静寂寥的文字里，把过往的故事抒写成童话，把心情演绎成文字，化成一道美丽或凄美的风景。叩开了阳光的门楣，陌上寒烟流过，把相思拉长。

捻一缕馨宁，将温柔轻启。站在时光深邃里回望，搁浅的记忆如落花倾城，从心底慢慢溢出，我们终究都抛不开尘世的烦恼，放不下俗世的纷扰。如烟似梦的往昔，来不及回头，早已远远落在了身后。再拾起岁月那些痕迹瞬间，不管是悲是喜，已在期待着下个轮回里的红尘相遇。一杯清清浅浅的心事，就这样如莲悄然绽放。

烟花散尽，一瓣心香，任时光无法触及的容颜，在季节的更替中去倾城思念。坦然看岁月蜿蜒着清浅流年，如烟的往事已开成一树念你如初的深情或淡淡的哀怨。那些一起走过的日子，记忆里依然静好安然、清晰、温暖。此时我微笑着轻敲键盘，用流淌在心底的文字将一次次的相聚、分离，清浅成不朽的红尘诗篇。这个世界上，再优美的旋律，也会有情殇，再期盼的目光，也会有迷茫。就好像你今天的背影在红尘中若即若离，就好像生命旅程中一段段的散落缘分或遇见。

叹，人生若只如初见!

纤指轻触，惹起千丝万缕的牵挂，那些过往的故事总是在不经意的瞬间上演，或深或浅，或长或短。在低眉凝眸的相思里，醉了一场时光的暖。

今夜为你，写一纸惆怅的断章，书一纸不悔的尘缘。一滴清雅的水墨，润满禅韵的诗行，许华年无殇。就让沉淀的心事，在你的尽头婉约成一段诗词，让彼此的心，醉在那些美好的诗句里，执光阴的手写一阕隽美的小字，深情相望。

也许你从不知道，我只想在恬淡的岁月中浅浅而行，只想做一个素心淡淡的女子。煮字飨时光的片段，尽享红尘之暖，初心执念，浅笑安然。

亲爱的，如果有一天我们在弹指的流年里走散，你会不会记得那些被岁月漂白的时光里，有我伴你的沧桑，带来的温暖!

淡淡的深情

秋天终于来了。

初秋的夜晚，我默立窗前，望着窗外闪闪的灯、窗前浓浓的夜色，想起你。想起你给的那些关爱……

所有的言语都无法表达我此刻的感动！

曾经在我的生命里，不曾有四季分明的轮回，有的只是一颗时起时落的心，像一张晴雨表预示着季节的来临。我曾在春天温暖的夜晚，想象着秋天的阳光。在冬天看着飞舞的雪花一点一点把世界装扮得一片圣洁，想象着那些夏的忧伤。在我的世界里不断重复着的是失望和期待，死亡与生存的挣扎。数不清有多少次我把那些美好的期盼更深地刻在心里……

轻轻地走在记忆长长的雨巷里，无论黄昏还是夜晚我都在寻觅最初的美丽。我不懂那些留在心灵底片上凌乱的脚印，是不是就意味着明天还要继续去流浪。

看风中梧桐摇碎了一树浓如秋雨的愁绪，不知久亮的窗灯，是否可以剪碎我此刻的忧郁。

当我独自坐在雨季长长的故事里，当我赤着脚在雨中伤心地哭泣。是你用手中的伞为我撑起一片橙色的天空，在我的生活中写下紫丁香的记忆。那些关爱给了我勇气去面对，给了我勇气迈出走向明天的第一步。

朋友，你知道吗？在我这样轻轻呼唤你时，在孤独的窗外一抹深蓝的夜色里想起你时，你已是一粒被春燕衔落的种子，不知不觉地生长在我的心里。你关切的目光，真诚的双手，燃起了我眺望明天的勇气。

从你的眼中，我看到了：原来太阳不是一个遥远的存在。黑暗过后和太阳见面的日子总还是有的。只是要学会等待。学会寂寞中寻找彼岸。只要把光明与希望放在前头，就会有路走。

夜，怀着淡淡的深情把心事谱成曲，我会在每一个风吹云起日升月落的时刻轻轻弹唱。我的思绪也许还会在感伤的气氛里驻足停留，但是不会再次去聆听那些没有情节的故事。因为那样的故事，你我都有。

叶子一样的女子

秋，总是带着雨的前奏，洗净夏天暑热的尘沙，悄悄给大地换上金色的衣裳。叶落半空，画出美丽的弧线，舞尽一抹纤尘，演绎成一曲离别的恋歌。摇落了寂寞，撼动了苍凉，卷起了思念，不经意超度的念轻触了指尖的暖。

枝头香消残渐，洒满花谢花飞的凄婉。为你媚生的秋水，迷离了回首的目光。藏在心底的那些故事，温婉回转，恍如隔世，绕过焚香袅袅的经殿。这个季节注定了会有许多深深浅浅的感悟，倾诉于笔端的纸宣。写尽执手红尘，香染三生回首。

撑起雨伞走在雨里，秋已把人生的酸甜苦辣一一纳入杯中，纷呈于流年的画卷。秋雨带着诗意和朦胧，时间定格在水墨残卷。这样的季节，这样的天气，把本来就浪漫的秋天牵出了凄美的意境。

终究一季微凉，染了心事，染了雨。世事，如白驹过隙。别过了夏季，愿我们依然拥有一颗平静的心，在一帘秋雨里，读一叶知秋的美。

旧年已久，无论我们舍还是不舍，都要轻轻和它道一声再见，就好像轮回里的秋。看着秋雨点收着落叶与黄叶，还有掺着黄与绿的彩叶，忽然就有了一种心疼的感觉。记忆在风的年轮中慢慢沉淀，愿流年的时光缩短那些思念的忧伤。

“你不会是叶子投胎转世的女孩吧？哈哈……”当一片叶子孤零零地落在我的脚下，我专注地看着它出神时，耳边又响起了邻家哥哥的话。仿佛又看到儿时的自己。那个扎着羊角辫，满脑子童话故事的小女孩。那个踮着脚希望自己也可以向大人一样踏在落叶上留下一串轻轻的音符的女孩。那个虔诚地跪在地上挖一个小坑把一片叶子种在泥土里，期待着它来年会长成大树的女孩。

时间过得真快，转眼间望不见了那些熟悉的风景，看不到了最爱的亲人。可爷爷、奶奶的叮咛还在耳边，故乡的小树林还在梦里。走过多少个秋，心底就有多少感动。

拾一片落叶，捧在掌心。

一个秋也是岁月的年轮。开始蜷曲的落叶，向我们展示着一个生命最后阶段的依恋和惆怅。

生命的轮回扑朔迷离，这个轮回里有伤感和失意，也有美丽的故事继续。落叶，落地化泥。有缘还会相遇。

我，是一个叶子一样的女子。红尘陌上，我已学会拥抱着岁月的清香，承载生命最后的坚强。在生命的轮回里，我愿如落叶留下密密的一行行沧桑，轻歌浅吟细数流年，任风，吹散夜的华章。

爱情到老

馨和润分手了。

流过泪后的馨带着淡淡无奈的笑对我说："这次我是真的放下了。每个人，都会有一个心上人，一段忧伤，一个曾经。这年月已不会再有真正的爱情！"

而这时的我正在看一篇"爱情到老"的文章。

故事里讲述的是一对青梅竹马的恋人。

一个清贫却真诚的男孩子用一枚草戒指俘获了一个女孩子的心。男孩子将那枚草戒指套在女孩子的手指上时，曾信誓旦旦地对女孩子说："等我们结婚的时候，我一定给你一枚真金的钻戒。"可当他们决定结婚的时候却正逢兵荒马乱的岁月。由于灾祸也由于贫困，他不但没有真金的钻戒给她，就连婚礼也简朴得寒酸。当男人轻轻掀开女人的盖头时，满脸歉疚地对女人说："这年月、这世道将一切美好的东西都击碎了，我一无所有。只有这枚用心为你折叠的纸戒指了。"女人伸出纤纤的素手带上了它，幸福的笑容挂在脸上。认真地对他说："有你的这一颗心就已经足够，它在我的心里就是无价之宝。"

时间在贫困和幸福中度过，五十年代男人走出了小山村做了一名教师，女人也拥有了一份安逸的工作。男人没有忘记当年对女人许下的诺言，教学的同时也伏案笔耕。终于他用自己积攒了多年的稿费，实践了他金子般的诺言。女人并没有将钻戒戴在手上，而是珍藏在了心里。

后来，男人因发表的文章而招祸，被作为“右派”遣返回乡。女人没有留恋城市的生活，毅然随他返乡。返乡不久为了拯救一病不起的男人，她又变卖了那枚钻戒，留下了沉甸甸的感情。

八十年代，男人平反了，可是他们生命的华章早已被粗暴割裂。他们仍然留在乡下，在时光的岸边陪伴夕阳。生死别离的日子终于还是来临了，男人默默守在女人的身边，别出心裁地摆弄出一只玫瑰戒指，那刺眼的红此时此刻让人心痛。他小心翼翼地将它套在女人那干枯的手指上，微弱的生命因爱情的照耀而重现光芒。女人走得很安静，最后的微笑充满了玫瑰的芳香。

我想女人的离开并不是他们爱情的终结，她依旧活在他的心里。

我不相信这仅仅只是一个美丽、动人的传说。因为由这个故事，我还想起了我那远去了的外婆和外公。

外公年轻时英俊、高大。坚强的外表下却有着一颗脆弱的心。

外婆不是那种非常漂亮的女人，但是温柔至及。在她温柔、可爱的外表下却有着一颗坚强的心。

那时外公在一个煤矿上工作，而我的外婆是一个地道的家庭主妇。那个年代的外婆和大多数妇女一样，裹着一双小脚，瘦小的她每一天要照顾一家老小。

可听说，我的祖外婆对外婆特别挑剔，尽管她温柔贤惠。可能是因为我的外婆和外公是自由恋爱，而不是我祖外婆相中的那一个。在那个年代虽然他们相爱并结合了，可是祖外婆对他们的结合仍有着很大偏见，于是她常常莫名其妙地对我的外婆发脾气。受了再大的委屈，我的外婆在众人面前留下的仍然是幸福和满足的微笑。她总是说，要让我的外公带着这种微笑放心地出门，而又为了这种微笑平安地回家。

外公工作的地方很偏僻，要路过一片坟地，而他几乎都是在上夜班。说起来有一些好笑，身材高大的外公胆子却很小。于是不管春夏秋冬，外婆总是风雨无阻地去接送外公，迈着一双小脚，步伐却是那样的坚定。外婆的身体虽然是那样的瘦小，但是在那些日子里，外婆却始终是外公坚强的依靠。

有时我也想：外婆一个人走在黑夜里时，她的心里真的没有惧怕吗？那么久的反复思考，我终于给自己的问题找到了答案。那是因为我的外婆心中有爱，对外公深深的爱让她战胜了惧怕。让她瘦小的身体变得强大。

后来，外婆因病去世了。

一夜之间外公苍老了许多。守灵的3天里，他默默坐在外婆的对面不停对她讲，从他们的第一次见面，一直说到后来。说他的遗憾、歉意，还有对外婆的深深感激。

日子在不经意间悄悄滑落，妈妈和姨妈她们在商议着给外公再找一个老伴，因为还有很多的日子他一个人要走。可当她们悄悄地把床头上外婆和外公手牵手的照片收藏起来，告诉外公她们的想法时，却遭到了外公的强烈反对。妈妈说，她们从未见过外公发那么大的火。

十五年的时间，不是很长，但也不短。外公就那样始终一个人守着他和外婆的故事，还有他床下外婆留下的那一双“小鞋”度过。每一次看到他望着床头合影的那种眼神，都不免被他深深感动。在外婆远去的日子里，外公已习惯了做外婆生前所做的事情，每一次吃饭的时候，他总是要先默默地在他的身边放下另一双碗筷……

这是怎样的一种爱?

当我们接到外公病危通知奔赴他的身边，踏进病房的瞬间，我的眼泪不听话地流出来。看到被疾病折磨得不成样子的外公，我的心里好难过。他向我伸出手，我看到干枯的手在颤抖。我扑在他的床前哭出声来，我感觉他在抚摩我的头，就像小的时候一样。

“不要哭呀，傻丫头，人总是要死的。我终于可以去找你的外婆了。她在那边等了我那么久，这个结局应该是最好的。我曾对你的外婆说过：来生我们还要一起走，我要还她这一世欠她的……”外公的声音很虚弱却很清晰。我听到我身后所有的人都在哭泣，在外公的脸上看到的却是满足、幸福的微笑。

我从外婆和外公那里看到了真爱，也相信真爱的存在。爱情虽然不是生命的全部，但是，贯穿一生的不变的痴情仍是生命的经典。

什么是浪漫一生?什么是幸福?永远到底有多远?

爱情到老，玫瑰的芳香就会浸染一生的浪漫温情。爱情到老，飘忽不定的幸福就会像归途的翠鸟一样在心底筑巢永远!

一笺素语

一场绵绵细雨，让徘徊在秋与冬边缘的枯叶飘落成一幅美丽的油画。好像是谁手下的五彩画笔，随意涂抹着深秋的颜色，让大自然浸透着成熟的韵味，让晚秋如同一位风姿典雅的女子，微笑着绽放在秋天的深处。

寂静的午后，我依偎在秋千里，听着 YIRUMA《雨的印记》静静望着窗外的那片小树林。看着枯叶轻轻挣脱了枝的羁绊轻盈地纷飞、落地，看着那些刚刚堆积起来的落叶散落风尘，碎了一地斑驳，思绪也飘得好远。

分开那么久，你给的故事已落满了尘。曾经那些用文字堆砌的念，指尖叠加的故事，已在岁月的素笺上渐渐发黄，一些慵懒的情愫，发酵般地在空气中弥漫。那些无法挽留的锦瑟年华，带着生命最初的感动，在似水流年的故事里，浅奏着一曲沉默的乐章。

剪一段时光，看岁月将往事搁浅。带着隔世的容颜，只为你的温婉。试问，能不能简单地皈依灵魂深处那一抹柔软?

叹，季节瘦了清寒，就在一夜之间。叹，思绪如风，念如叶飞。那些无法割舍的念，让我的文字沾满了缠绵；让总不能相遇的深刻在心底萦绕。

岁月渐渐苍白了远去的足音，过往留下的是一地尘烟。一路风尘，我终于明白了：生命中只要来过，真爱着，哪怕轻轻浅浅，都是如此的生动。在万丈红尘中，我把心的眷念，留在那一刻静静聆听。当指尖的温度再次滑过季节的微凉，不去探究那些流逝的时光里，藏着怎样的甜蜜与忧伤。用一颗美好宁静的心，种下一段落字生香的缘，让那文字的缘分，萦绕指尖，温柔岁月，妩媚时光。

我们在等待中相遇，那些无处张扬的情感，不增不减。你可知，这是生命中一种不见不散的真诚，是一景一物渗透的深情！我从不后悔选择在水墨沁染的简静里，等待一缕风的回音。用心临摹成一幅四季的画卷，一抹安暖，漫过四季，总有一些回忆在心灵的底片上折叠雨花的心情，让那些温馨的记忆袅袅生香，璀璨流年的半亩花田。

不思量，自难忘

翻开书页，又看到那片干枯的红叶。它等久了时间的诺言，枯萎了期待的热情。把一种忧伤的美丽，流放成一种固执。在每一季花落叶舞的日子里，如一阕殇词，清浅地沉落陌上，忧伤而不失风雅，笃定成一种禅意，在一纸浅墨文字里安静地等待下一次花开的声音。

风吹珠帘，低吟浅唱。醉了欢喜，也醉了忧伤。温婉无语的眷恋，一任情愫缱绻，时光悄然翻阅思念的画卷。

我就这样依靠在窗前，看落叶旋舞，听秋雨敲窗。记忆里都是你的模样，笔下的故事任秋意浓郁的细雨融进淡淡的墨香。它牵动着我跳跃的墨笔，在秋雨的页签上写意流年里的你。用一份懂得，弹奏相遇的暖，掬一湾秋水落花的余香。

原来，细雨缠绵的音律终究还是浸染了心眸，相聚、别离就像这秋雨快乐中含着淡淡的忧伤，幸福里蕴藏着瑟瑟的凄凉。或许那些碾碎的时光，也只是为了某个片段可以在流年里永恒，愿你在远方，安然无恙。

九月的夜，孤单里沦陷。望着远方，纵酒残风里想念成暖。只好借一杯相思，研墨成章，泡一盏遇见的流年，温出秋雨的轻烟，朦胧迷离的期盼。一段唯美经年里，你路过我的世界，暖了三千过往。婉约了青涩的朦胧，回忆是留给彼此最好的纪念。

一纸素笺，落笔生香。素言淡语我深情地写下关于你的温暖眷恋。任心绪在原地打转，看时光的青苔滋长蔓延。2017，这个秋的门楣，你有没有和我一样，听到细雨的呢喃里夹杂着一份淡淡的忧伤？今夜，你就这样悄悄借走了我的光阴，素笔嫣花画满记录岁月的长廊，让深深浅浅的记忆独自在轮回里惆怅。

你说把牵挂留下，思念你带走了，在倾心的相遇里，让生命浸染一抹春色。我也祈一场最美的相遇里，时光静好，与君语。繁华散尽，与君老。相信若干年后，翻阅光阴，深情寻忘，岁月翩跹，酒入愁肠，依然是你最初的模样。经年的路上当光阴掠过发鬓，那份停泊在水墨里的回忆，会被谁深藏在心底？又湿了谁的眼帘？

走过万水千山，逢了三世的缘分。这份相遇的感动会一直在路上，在风雨里，在暗香弥漫的尘埃里。

一念起，会暖了落花的殇，不思量，自难忘。

在最初相遇的地方

三月最后的几天里，忽然感觉到日子飞一样的流失。好多事情来不及去想，好多事情还未来得及去做。这场致命的邂逅，成了心底深处的悲伤。

无数次寻寻觅觅，山一程，水一程，心灵依然没有寄托，灵魂依然还在流浪。

结一份宁静倚窗，守一份淡然从容。在平淡的流年里，温一壶茶，暖人生的起落无常。谁对谁说要牵手一场地老天荒，共赴一场浮世清欢？谁的话暖过谁的心房？

千帆过尽，繁华如梦。一支素笔，把浅浅遇，深深藏。岁月掠过，刻下重叠不眠的日子，却驱散不开记忆深处那些温暖的点点滴滴。在繁华红尘中，是谁许它穿越唐风宋雨的旖旎与疏狂。漫过季节的额头，蹚过岁月的河流，伴着无言的结局去流浪。日子和诗已交替长出了凌乱的长发，却再也奏不出梁祝的协奏曲。

轻轻抚去青苔般的日子，我仿佛又看到那个叶子一样的女子站在樱花树下。她飘逸的长发在吉他的和弦下灿烂地与风共舞，墨染心思，在锦瑟流年里浅吟低唱。请带我去秋天的深处吧，将我的温婉，写在你的眉眼。经年回眸，让心里多一份明媚，多一份温暖。

一份缘要多少心事才能读懂，一份情要经历怎样的磨难才能永恒。亲爱的，这一条曲线拉得太远，以致情感的河流漫过今天，已很难望见最初的起源，让所有的故事在仓促之下找不到开头和序言。但愿一个结局出现我们还都没有抵达疲劳的终点，我们都还能有勇气站在最初相遇的地方，重新画一个圆。

给你自由

你，走吧。我不会阻拦你，给你自由，让你去追寻。我不会再在你的面前流泪，用泪水阻止你要远去的决意。人生没有完美，愿我们学会在岁月的怀抱中，感受生命的厚度，在时光深处，寻找心灵的归宿。

既然我们的故事，书写不出有情人终成眷属的结局，那就学会放手，给心自由。故事已成故事，远方依然在远方，风雨沧桑的人生里，我们都要学会安置一朵落花的忧伤。

不知是不是从相识的那一天起，我们之间便存在了一个美丽的错误？即使，掌心写上了珍惜，也不能情深长远。

在大千世界，茫茫的人海里，相逢已是不容易，更何况再分离。不去窖藏忧伤，看淡人世恩怨，对着爱情彻底说出你的故事以及你希望的结局。生命中的各种存在，都有各自的道理，坚持不了的就要学会洒脱放弃。

是怎样的一段情缘，许我一场轰轰烈烈刻骨铭心的相逢，给我一场撕心裂肺的遗忘。漫过人生的惆怅，沉淀生命，不再迷茫。月色沾染了烟雨，朦胧了凄美的诗章，我郑重地在时光的素笺上，写下山高水长。

在一起的日子，不曾好好珍惜也未曾想到会分离。走过了雨季，错过了花季，站在不再浪漫的季节里，才知完美是一种难以实现的骗局，分手都曾有过一个动人的序言。

既然要分手，就不要问我在不在乎我们的过去，隐藏起心中的伤痛说句“不在乎”需要有多大的勇气。但愿，我们释心而行，走得轻盈，生命永远是主角，人生永远在路上。

走过了十年的阶梯；不管是风是雨，真诚地感谢你，给我存了一份记忆。

既然一切不能从头再开始。那么请伸出你的手，让我们握别，握出对你的尊重和理解，握出我深深的祝福和歉意，让我们把彼此的赠言写在背影里。

好久未见你

夜醉了！

星星的呓语静静地吮吸着那个甜甜的回忆……

我一次次试图收回被柔长的细雨抽打的相思，却发现已经不能自己。

于是，我把记忆藏在枕边，我把思念种在了心里。细数着窗外的星星，在苦苦的期待中延长着对你的追寻和思念。轮回岁月的沧桑里，愿永远是你清波上摇曳烟尘的青花一朵。

梦里，我轻踩着我们曾经重叠过草尖的晶莹，寻觅着那段动人的故事。红尘摆渡，愿与你共醉陌上花开。多少人都在祈祷着永恒的情感，可“爱”是一种可遇不可求的灵性。它在缘分的天空，溢满了温暖，飘逸着暗香。

感谢这缘分让我们今生相遇！我们是何等幸运？

你可知道，我梦的门扉一直等待着你用心来叩响？

你可知道，每一个夜晚你的足迹在我的心里引航成了串串的思念？

如梦的夏季，这样温馨，我用最浪漫最美丽的结局去装点相遇的那个金秋。浅浅月影，牵念深深，展开思念的羽翼，尽情飞舞。远方的你，是不是也能感觉到柔美的月光下，我水一样的浓浓情意？

又是好久未见你，你的世界里旋转着什么？我全然不知。如烟似梦的记忆，一笔青墨里，倚着月光洒泼成千万行相思的诗句。书不尽缱绻爱意，诉不完思念情牵，执迷不悟晕染了终身的眷恋。

我渴望走近你！

在梦里与你相见，一颗不安的心，带着夏日未了的梦遥遥感应你温暖的气息！

我为爱去流浪

（雪儿的故事）

雪儿是我最要好的朋友，昨晚一夜未眠，守着窗外的雨，我们聊了很久很久。

今天一早送走了她。我知道她真的再也不会回来了，她的心已被伤透，望着雨中她远去的背影，我的心里好难过。但此时我只能默默为她祈祷、为她祝福……

（一）

我要离婚了……

我不想再为这流失的感情去流泪，为一个我曾经深爱却又伤我最深的人去哭泣。有些错的人，来了终会走；有些错的情，只是一段浮云。

父亲打了我，就像十年前一样。我知道是我伤了他的心。其实我的心里也很难过，我知道这种痛，经年会随着时光融入骨髓。可是，不经意，我却伤了自己也伤害了我最亲的人。

十年前，我曾无所顾及地要嫁给他，就像飞蛾扑烈火。不曾在乎他那不光彩的过去；不曾在乎任何人对我的看法；不曾听从任何人的劝告。我也曾对我们的未来充满了幻想，我也曾对自己的选择充满了信心。这种对爱的执着，惹了我多情的目光，只在乎跌落在掌心的片刻温暖，年轻的我，却从来没有想到结局会是今天这样。

现在，我终于明白了我的错误，终于下决心做出了选择。虽然会很伤心，心中也会有千万个不愿意否定我们的昨天。但是，我却不能不去面对我所看到、听到、经历的一切。

我选择了离婚!

即将走出这个我生活了十年之久的围城，此时此刻的心情真的不知怎样才能用言语表达清楚。

酸甜苦辣一言难尽。

我选择了删除你和我的童话，与你隔着光阴的距离，今生却无法再次靠近。今夜过后，我所有的情感、内疚、信心、遗憾将不再有，就让它们随着已失去的爱情到今生不再遇到的地方。你教会了我什么才是真正的放下，感谢遇见，感恩流年，愿我们彼此活出当下。

（二）

那年我 18 岁……

我们在一个单位工作，当时有很多热心的阿姨为我介绍对象，也有很多人在追求我。只是我从来没有注意过身边的他。一个大我 5 岁的男孩子，更没有想到我的生活会因为他而改变。

爱情在我的心中曾是一首优美的诗，是一幅迷人的画，是一首醉人的歌曲。多少次设想过，爱情是怎样悄悄地来临、萌发，总固执地深信一见钟情，一眼万年的情感，才会在一段明媚的故事里永久地刻下两个人的名字。只有两情相悦，才会把痴狂和情长交到一个人的掌心，这样的爱情才会在经年回眸时成为感动的一窗青色。

爱情不是商品，更不可以由“经济人”介绍而来。（至少在我的心里是这样认为的）所以，我拒绝一切热心人的介绍，逃避着他们的关心，在心中编织着自己的梦想，等待一场美丽的邂逅。

我们的接触说不清是从什么时候开始的。他总是很细心地照顾我，虽然他的话很少，却让我从心里感到温暖、感动。他并不像所有追求我的人那样爱去表现自己，更不会为了表现自己去贬低别人。

我小心翼翼地与他相处，隐隐约约感觉到他带着一种复杂的心情。其实，我又何尝不是？我的心里也有顾虑。我一直在逃避着他，心里还有来自各方面的压力。

在日复一日的接触中，我渐渐接受了他。在我的心中所有的顾虑被信任战胜了。

可是，没有想到随之而来得却是狂风暴雨。同事们异样的目光，父母的哄劝打骂，一时间我四面楚歌。我面对的一边是所有亲人的反对，另一边却是他期待的目光……

父亲也曾用心良苦地要送我去美校学习，我知道他是为了把我们彻底分开。虽然这是我期盼已久的愿望，但是为了他，我拒绝了。

最爱我的父亲打了我，没有打掉我的信念和决心，却让我增加了要和他在一起的勇气和信心。

我勇敢地站在了他的一边，就如飞蛾扑烈火。

（三）

20岁那年，我结婚了。

很简单的婚礼，没有父母的祝福，没有亲人参加，可我已很满足。他的家庭条件不好，我不想攀比，不想强求物质的东西。所有的一切在我的心里都不重要，重要的是我们终于走到了一起。

婚后的日子过得很清苦也很平淡，不知不觉他成了我生命的全部。他加班或外出喝酒的时候，我总喜欢抱着枕头坐在沙发上等他。那种感觉真的很好，因为我是在等我今生的选择和依靠。

日子在忙忙碌碌中过来了，我总是尽心尽力地把我们的家收拾得干干净净。除了工作的时间，我所有的精力和心思都放在了这个家上。所有的家务竟无师自通。

但是，矛盾还是渐渐出现了。在此我也明白了家庭生活中是没有真理的，生活就是一个严酷的导演，在它作出任何决定时，并不会去征求你的意见，或去在乎你苦苦的祈求。

他酒后砸了我们的家具，甚至动手打我——在我怀孕的时候。我一次次忍耐，甚至委曲求全，可后来这种情况成了家常便饭。我想过要离开他，但是酒醒后的他苦苦哀求，又让我不忍心。我只有忍住伤心一次又一次地去原谅他，在心里期待着他的改变，我希望我的爱能唤醒他。

以后每次看到他喝酒回来，我总是小心翼翼的，就连极少的对话也要倍加小心。怕稍有不慎，就会踩响了不知埋在哪个角落里的地雷。

虽然我知道他是爱我的，但是，他这样不正常的情绪无时不在伤害着我。多少个这样的夜晚，望着身边熟睡的他，我悄悄流着眼泪，默默期盼着这个大我5岁的男人长大、成熟。愁绪填满了心田，日子过成了悲歌。

忽然好心疼昨天的我们，那种执着，如今只剩下一份浅尝辄止的感情，一段昙花一现的浪漫，一颗无法安放的灵魂。

吵吵闹闹、摔摔砸砸、离离合合。他的喜怒无常、他的冷让我忘记了怎样去说心里的话，一个妻子对丈夫说的话。

我曾把爱情看作是一只飞翔在蓝天上的风筝，我努力付出所有去追求，我也曾相信这样的付出得到的将是无比的幸福。到现在我才恍悟，这种付出是我力所不及的。

在一起的日子里我们并没有珍惜这并非儿戏的感情，我们并不知道该怎样去保护它、拥有它。它在我们的手中一点一点被破坏，假如我们早有这样的认识，又怎么会走到今天的这一步呢?

如今我已经没有了任何怨言。因为我不能否认我们曾经深爱过，这对我来说已经足够。即便在今天发生了这样的事情，即便还有许多话已不愿说出口，即便心底对他仍有一丝牵挂。我可以骗任何人，可是骗不了自己的心。

只是这种伤害是我所承受不起的。

缘分已尽就让我们握手道别吧。也许前面的路坎坷崎岖，但是跨过去一定会有旖旎风光无数。

潇潇洒洒地挥一挥手，不再去追究所有的结果是谁的对错，让这十年的恩怨随风远去。感谢你在我人生旅途上写下的这一段回忆，风起的时候，我会想起在人生路上曾陪我走过一站的你!

歌有千千阕，心有千千结

如果有一首歌，可以让你轻易开启心扉，那么它一定是悄然碰触了你记忆之网的那一首。如果有一首歌，让你黯然泪下，那么你深埋在心底不愿说出的话语一定被它点破。如果在歌声中你又回到了从前，那么是否还能够与那些不能忘怀的朋友们再次相见？

花开花落，缘聚缘散。往事穿过时光，打湿了谁的眼角？牵挂穿越心灵，温润了谁的眷恋？你听，还是那首老歌，它一直在循环播放，歌也如酒，历久醇香。而穿过音符带来对往昔回想的，常常是一种难以诉说的感动，一些平日里不想说的话，埋在心底、压在心头沉淀为一种情绪，就那么和着歌的旋律轻易地流露出来。

细细数来，不能忘记的歌已有太多，它已如繁星点点缀满了心的底片。

记得上高中时，有一个叫睿的同桌，他是一个很帅气又极爱音乐的男孩子。两年的同桌，他对我说的频率最高的一句话就是“你知道现在流行什么歌曲吗”，接下来就是他声情并茂的演唱。有歌的日子总是快乐的，那么多的课间十分钟因为睿而变得生动有趣。

后来，因睿的感情流露和表白，我们变得彼此疏远。我想也许是我的拒绝让他受到了伤害。直到文理分班我们不在一所教学楼。那段日子里真的好后悔，我无数次对自己说：下一次见到睿，一定要先与他打招呼。不想让他误会，我想对他说；我们会是永远的朋友。可是，直至我离开那所学校，都没有这样的机会。

再见到睿时，是那一年的校庆联欢会上。睿被大家簇拥着上台……

好久好久没有见到睿了，真的担心他会记恨我。朝着他的方向看过去。他已是一个成熟、稳重的大男孩。他的目光热切地迎过来，我的心不免怦怦直跳。睿及快地扫了我一眼。开始了他的开场白：“久违了，好久不见了。我只想送上这首歌，也送上我的祝福。”热烈的掌声响起来，睿拨动了吉他，望着我诡秘地一笑:“喂,知道现在流行什么歌曲吗？送上这首《只要你过得比我好》。”

“不知道你现在好不好

是不是也一样没烦恼

像个孩子似的神情忘不掉

你的笑一生对我很重要

…………

他浑厚歌声在我的耳边响起，最后的那段“只要你过得比我好，过得比我好，什么事都难不倒，所有快乐在你的身边围绕，一直到老”久久地回响在我的耳边。每一句歌词都敲击在我的心上，我的眼泪掉下来。为了这句久违的话，为了在他的歌声中我们尽释前嫌。

是不是这样呢？一首歌唱出了一种感觉。而恰恰因为这种感觉你也曾经有过，这首歌便因此而深植在了你的心中。

人生如旅，并不是每一段路都会有人陪我们走，更多的时候我们要学会独行。一路上不管是苦涩还是芳香，繁茂还是苍凉，只要还能沐着阳光为理想去奔忙，这就是最美的时光。

因为有了你和朋友们在我心中堆积的情谊，所以，我想在以后那些孤单的日子里，我的心里仍会有情有爱，对世界心怀感激。

歌有千千阕，心有千千结。一首歌就是一个美丽的心结。我们在歌声中相遇，我们在歌声中道别，彼此安好，便是晴天。

搁浅红尘纷杂，轻捻水墨落花。在歌声里，我愿再次与昨天的你们相聚，以爱相见，许岁月如莲，芳香一世流年。

秋日私语

又是一个秋！

又是一个深秋！

在瑟瑟的秋风中，我独自漫步在小路上。缓缓地走着，静静地沉思。将那些未曾装帧成册的片段，交给光阴妥善保管。

顿足回首，童年的我依稀重现。梳着长长的羊角辫，扎着美丽的蝴蝶花，被爷爷、奶奶牵引着蹒跚而来。在这个熟悉的地方——细长的小路上留下了我幼小的身影、童年的记忆。

多少个落叶铺地的秋天，我总是惊奇爷爷那双厚重的大脚，每每踩下去，脚底下便可以发出好听的细碎的声音，而我自己跳起来落下去仍然是无声无息。这样的疑问始终困惑着我的心，有那么一天我终于忍不住发问："爷爷，为什么我不可以让地上的叶子叫呢？"爷爷轻抚我的头说："别急，等你长大以后就可以了。"于是在一个个落叶的秋中，我耐心地等待着自己长大。

后来，我长大了，长成了大姑娘。

在叶如蜂般舞动的秋日，我便和一群小伙伴一起到小路上来，我们在树下疯跑着，追逐着风中零落的叶子。把笑声留在了小路上，留在了秋风里。

那时的我，爱落叶飞扬的秋，也希望青春的每一天都能够在飞扬中度过。却不能预知，后来在属于我的秋天里会有那么多的故事发生……

光阴荏苒，好个凉秋！

风中独步！

留下了一路的回忆，一路的思索。唤醒了眉心的颜色，拨动了那根尘封已久的心弦，我希望我这时的收获是一把打开心锁的钥匙。生命需要真心演绎，光阴里精彩的过程，便是生命中最美的风景。

默守安然期许的承诺，做红尘的行者。轻握一份懂得，挚守人间烟火的寂寞。

相信，每个人的梦中，都有一个到不了的远方，总有一处风景曾惊艳了目光。低眉间，一段流动着真实的生命过往，已在心底暗藏。我对自己说："轻装上阵吧，把你的宠爱写在梦里的诗行。"我知道在途中不会再有爷爷、奶奶的牵引，也不会再有小伙伴们相随。但是，我想我应该学会独自前行，让昔日的小路上留下自己坚实的足迹，听自己脚踏落叶的声音！

致青春——很多年前的一张毛衣照片

“致青春——很多年前的一张毛衣照片”这个征文标题把我的思绪带到了很久以前，那些曾给了我感动、思念和牵挂的日子仿佛就在昨天。似水流年，转眼已十多年。

我一直很迷惑，我是怎样爱上你的，一直没有明白是什么改变了我的初衷。只是在那些渐行渐远年少的影子里，感动我的故事和誓言如今再想起，还如同在昨天。

轻轻地走在记忆的长廊，回眸，那些老去的时光让自己变得成熟坦然，那些溜走的岁月让时间洗礼得更加清晰。落地的情缘再次缱绻，仿佛一份眷恋可以万水千山。亲爱的，感谢你给的那些岁月让我的回忆变得更加美好，感谢你让我至今想起它们可以微笑。

感谢那件你至今仍保存着的心仪的毛衣……

记得那时你还在上海读书。那年寒假你回来时有些不好意思地告诉我说你在徐家汇的橱窗看到一款男士的毛衣，黑色的，很简单的款式却卖得好贵。从你的眼睛里、语气里我看到了渴望，说心里话，我真的不愿意让你失望，也希望在你返校的时候可以穿上它。但是离你开学的日子不远了，手里也没有合适的毛线。

你安慰我说：“点儿，没事的，我都有那么多毛衣了，老师和同学们都很羡慕我，而且还有留学生要买我的毛衣呢。我告诉他们，这些都是我女朋友一针一线编织的，是无价的温暖牌。”我看着你得意的样子笑了，你发自心底的那种满足让我也感到很温暖。

忽然我想到了我刚刚为自己编织好的一款，黑色两件套的衣服，只是刚刚完工洗好了还没有来得及穿……

我不动声色地和你聊你看到的那款衣服的样子，我答应以后买了线给你编织。你好开心地给我描述着，我却费劲地听着。不懂毛衣的你找来杂志和编织过的花样讲给我听、指给我看。原来整个毛衣就是平针、反针，只是开身上拉链的问题。那时这样的款式我还从未编织过，但是我已经决定动手拆掉我刚刚给自己编织的毛衣，重新编织你喜欢的款式。

于是在那个你熟睡的夜晚，我把编织了一个月的毛衣悄悄地拆掉了。

为的只是不想让你失望，给你一份惊喜，一份冬天里的温暖。

那些日子里我每天都睡得很晚，手指被毛衣针扎破了就贴上创可贴，每天睡下时手腕和手指都好疼。这样十多天的时间毛衣完工了，我拿给你看，你惊喜地拥着我说：“点儿，不是没有毛线吗？怎么那么快就编织完了？”我笑着没有回答你。

接下来就是选择你喜欢的拉链。缝了拆、拆了缝，反反复复几遍终于合适了。我开心地笑了，忘记了疲惫，这也是我比较满意的一件作品吧。

在后来的日子里，我在你的文字里读到：“天的繁星一颗颗淡了它的光辉，近旁是酣甜熟睡了的你，长长的秀发遮盖了花色的枕头。感觉到温暖，突然想起白天你终于织完了给我御寒用的毛衣的场景。我憨憨地套在身上，你修长的臂环抱了我的腰亲切地叫我‘小熊’。这个冬天，我找到足以让我抗拒严寒的温暖。这温暖并不单单来自毛衣本身，我清楚地知道你把你的期望和幸福也一并织进了毛衣。有人说，爱情是酸甜的滋味。然而在我们，爱情却是你为我煮的洋参茶。满嘴的，是苦涩的味道。等下了肚，才品尝到那种刻骨铭心的关怀是一种不可言喻的感动。想起那些过去，不管是在月光下喁喁私语，还是牵手在枝叶茂盛的梧桐路下，你都给了我最美好的回忆。突然间就发现，我想要的东西在不知不觉间就有了。那些藏在心里的梦想，在你都成了我的圆满。只是，希望你记得：爱情并不是一味地付出，我不在你身边的日子里要好好爱自己，就是为我们的爱情而努力。”

这一个征文的标题把我带回了从前，这一个征文的标题让我重温了昨天。

夜，好深。指尖流淌的文字讲述着昨天的故事，凉凉的手指轻敲着键盘。我知道多年以后当我看到今天的文字依然会感动，嘴角依然会有淡淡的微笑。

我仿佛听到心底有一个声音从容飘过。我终于发现我想要的只是能在你的阳光下享受一种无限的疼爱，能在你的季节里摘下一片柔情。但愿，最初和最终你唱给我的是一首永恒的歌，伴我到白发暮年。

邂逅下一个季节的你

笔下的文字，让我的灵魂渐渐安静下来。我在冬的门楣写下对秋的眷恋，它带我逃离喧嚣，远离浮躁，心灵有了依靠。

走出记忆长廊的落英，我选择用虔诚的文字弥补生命里的失落。隐约梦里那些走远的脚步声，把我从雨巷推向旷野。它们依然优雅地扑打着夜里清纯的心绪，散发着一种与众不同的魅力。

铺一张素白的纸，以钟情执笔，固守着一份清欢。纵然已是波澜不惊的年纪，走进文字的时空，还在渴望着字字珠玑变成温暖的阳光，温暖别人也温暖自己。

远方在杂乱而空旷的灰暗里，心灵深处埋葬的那些童话缓缓游走。美丽的依然美丽，忧伤的继续忧伤，其实，我们都已走远，都已经回不到从前。

再回首，恍如一梦。风雨人独行，落字皆是愁。我们都不是完美的人，却一直期待着一份完美的爱情，多少离殇，亦冷了谁翘首期盼的守望？

我不再听熟悉的歌曲，偶然听到却依然感动。我不再去熟悉的地方，偶然路过却依然伤感。闭上眼睛微笑，却有眼泪微凉地滑落，我骗过全世界，却骗不过自己的心。那句再见，说出口是多么苦涩。许许多多的往事已烟消云散，不管纷乱的世事如何变化，不变的是心底深深的祝福。

你一定要幸福哦。

生命没有轮回，感谢那些曾经。不去计较留给我们的是什么，重要的是那些经历、那些一路的风景让我们学会了接受、珍惜、感恩。

夜深，灯光从桌案走过，撒下相思语。冬寒，我从秋末走过，如约而至把自己的枷锁打开，探访心灵暗藏的那一缕幽香。提笔生暖，只是想在你的笑容里度过这个弯弯曲曲的冬，然后邂逅下一个季节的你。相视而笑，嗨，我们好像在哪儿见过……

为你点一盏灯

为你点一盏灯——在今夜。

窗外飘着初春的第一场雨，如同我心底绵绵的思念，打湿了往昔的记忆。那弯弯曲曲的小巷，街灯下的背影，那葡萄架下的笑语，还有石榴花开的窃喜，连同温暖的拥抱都定格在昨天，成了永久的记忆。有谁知道那些平凡的日子，已永远在心的树杈上开满了细细碎碎让人感动的小花，柔软地将整个生命贯穿。

感谢人生中刹那芳华，感谢人生的经历让我的岁月中拥有了一份凝香的沉淀。任凭岁月溜走，时光老去，我依然可以心怀一帘透人心扉的情思释然生命中的那些困惑。让生命从此变得厚重，在人生深处，依然花开的日子里低眉浅笑，拥抱温暖。

淡淡回望，思绪如藤蔓缠绕着过往入住心间。在铺满雨帘的窗前，我轻轻写下文字，伴着细雨的呢喃静听寂寞光阴里潺潺的思念。生命中没有哪一次相遇可以预演，没有哪次重逢可以轮回。请允许我用婉约的心弦拥抱昨天的你和明天。

漫过清浅光阴，珠帘折射出昨天的温暖。任凭岁月叩窗，翻阅昨天的记忆，模糊了谁的视线？红尘路上，一手握着珍惜，一手握着行走，素简流年里就让那些曾经的感动在心底生根发芽，开花结果，安暖天涯。

街灯下落雨的夜晚变成了一道美丽的风景，初春的凉意阻挡不住万缕情思化作的一袭暖梦。窗外的世界渐渐变得朦胧，仿佛又看到曾经的我就那样坐在一个青苔斑斑的台阶上，看雨后黄昏的天空演变成一件美丽的衣裳。眺守着你的方向，思念已无法在某个角落深藏，为你点一盏灯，将所有情思放逐，许眷念在时光中生香。

寻梦

梦里，故乡门前的那条路依然清晰。梦里，那个扎着羊角辫的女孩脸上依然带着浅浅的微笑。

梦里，房间的每一个角落都洋溢着温暖。梦里，奶奶依然坐在窗前的杜鹃花下慈祥地绣花。

梦里，梧桐树下拿着画笔的女孩欢愉地画下遥远的梦想。梦里，爷爷接过肩上的书包，牵着我的手回家。

梦里，我看到未曾谋面的你在天使的守护下安然入睡，梦里，我想用我的拥抱把你的心温暖……

只是，只是我梦里的笑声惊醒了春雨，只是我幸福的眼神扰乱了风的步伐。于是风无所顾忌地拥着雨叩开我的窗，落在我的脸颊。

梦醒，溅起一串串水花。那些久远的故事如昨，却已遥不可及如雾里看花。扑朔迷离的生命，轮回里演绎着悲欢离合的故事，心灵的那扇窗关起的是寂寞还是甜蜜？

我，在等一个美丽的偶遇？还是寻找轮回里的你？

雨夜，沿着那条细雨湿过的小路，一把花雨伞下，看雨丝飘织童年的记忆，读风抒写岁月的故事，听雨珠滴落美丽的诗句。

邂逅一袭花香

风，会记得一朵花儿的香。雨，会记得泥土的芳芳。记忆长廊里的那些感动和温暖不经意就悄悄托起心底失落的太阳。岁月铭刻下的擦肩或相遇，眼泪或欢笑，让一朵花开有了温婉的美丽。媚了时光，醉了心田，穿越风尘俗世，流淌在幸福的指尖。

——题记

红尘中我们都是岁月里的一粒流沙。一路奔腾满怀梦想，但更多的梦破碎，在身不由己。辗转风尘，回望时才发现，在岁月的追逐中我们早已掩埋了自己。掩埋了最初的纯真，掩埋了年少的梦想。只是一路走来那些惊艳了时光，温柔了岁月的故事依然散落淡淡的幽香，依旧会在梦中风情万种。让我们彼此平静的心忽然褶皱、感动、泪流。它把故事旖旎成温润的诗行，在生命前行的顿悟中，装点我们斑驳的流年。

人生的路坎坷重生，谁又能走得一路平坦？我们都需要一份对生活的理解，对岁月的包容。泅渡岁月，凝一指沧桑。相对于浮华，更倾心于恬淡。我们以感恩的心站在世界的角落，面对人生路上的点点滴滴，那些对与错的纠葛，又怎抵一份对生命的真诚？

漫不经心地敲下这些只言片语，心中有一种释怀的感觉。习惯了行走在文字的世界里，习惯了心与文字的交流。习惯了用文字抒写心里的感怀，用感怀的心声填补生活遗留的不足。走在岁月的长廊，静静地抒写一份对岁月的感言，对人生的感悟。让雨落有了清新的诗意，让遇见丰盈了人生底色。

当夜风悄悄地滑过指尖，已将岁月的酸甜苦辣婉约成素笺。浮华流世，淡墨飞花，悲伤也好，欢喜也罢，终将化成浅喜深爱的回眸一笑。尘世间有着太多无从把握的东西，亦如十指合掌的誓言经不起流年。只留下一些念，幽幽怨怨，弹指若烟。

五月最后的风拥抱着珠帘，房间的每一个角落花香袭人。一杯茶，一缕月华，一剪清风，一首久违的钢琴曲，带我走入往昔，静看晨曦微露，日落烟霞。

在我们生命里那些红尘陌上的相遇，无论是惊鸿一瞥的翩然，还是风雨携手的相伴，相信都是前世所牵系未了的尘缘，而岁月就是这一段段缘分拼凑的一份生命的完满。岁月轮转，总有些无法舍弃的风景，无法言语的柔情，犹如一份春阳的暖，滋润了心扉也温暖了流年。

佛说：前世的五百次回眸才换来今生一次的擦肩而过。那我们是不是为了今生相遇、相伴在佛前苦苦修炼了千年？当守候站成了永恒，经年的领悟，便是最深的温暖。守一份简约，捻一份穿越红尘烟雨的念。两心相系，风雨相伴，相依取暖。

我一直相信——风，会记得一朵花儿的香，雨，会记得泥土的芳芳。记忆长廊里的那些感动和温暖不经意就悄悄托起心底失落的太阳。岁月铭刻下的擦肩或相遇，眼泪或欢笑，让一朵花开有了温婉的美丽。媚了时光，醉了心田，穿越风尘俗世，流淌在幸福的指尖。

水墨吟染的眷恋

这件裙装终于完工了，却不是我最初想要参加比赛的作品。这个双十一和我开了一场不大不小的玩笑，我原打算参赛作品后补的线一不小心从苏州飞到了海南，至今还没有下落。看着日历一页页翻过，不知所措的我只好把这件刚刚完工的裙装拿来顶数了。

还好，一直以来我的作品都是以原创开工的，参加原创比赛是没有问题。只是可惜了我手里另外两件在等线收尾的作品。因为它们才是我为这次参赛精心准备的。

从这件作品完工开始就一直下雨，照片都没有机会拍。这个秋末就在这样烟雨朦胧的童话里远去了，带着不解、带着疑惑、带着遗憾也带着梦想。我也就借着等线的机会宅在家里上网、看书、听歌、发呆。

周末的早上群里有姐妹问我：“晚秋，你的裙子拍照了没，分享一下？”“还没，一直下雨，照片也就没拍。感觉光线不好。”打完字，放下手机，继续听歌，那种懒散的心情好像所有的事情都和我没有一点关系。走过一季一季光阴的拦截，心中的痴念，固执如初。

窗外的雨依然有节奏地敲打着冰冷的窗。这场雨彻底带走了秋天的气息。满街落叶如坠落的彩蝶，美得让人心疼。一颗淡然的心渲染出几许微凉，几许伤感。厌了流年，乱了浮生。

指尖一阕心灵独奏，光阴已从眸子里悄然溜走。我在四季的时光里，以淡淡的笔墨书写流年的远离。

如果不曾遇见，那份不舍的情怀怎会缠绵于笔尖？如果不曾遇见，我怎会这样贪恋着无法用言语表达的斑斓？我发呆地看着秋千上挂着的裙子，那种五彩的斑斓让心底生出一种不舍的眷恋。

原来有时不经意的回眸，也会让淡淡的忧伤里写满苍白无力的念。一个个带着深情的汉字，在我的笔下堆砌成一种心意，斑斓画卷，温婉思绪。

捧着那一段遥远的记忆，初冬的路口，我依然走不出落叶题词，静美的秋。在细雨飘落的季节里，静静聆听心与心的交融。闭上眼睛，那一抹蓝色的念想，像一首无字的诗，延伸着清秋水墨吟染的眷恋。

在这件作品还没有完工之前，我就想等完工了找个机会穿着这件裙子去铺满落叶的树林拍一组喜欢的照片，直到今天落雪，我才实现了这个念想。当我把这组照片拍完，开玩笑地对朋友说："我是不是可以开一座影楼，我觉得我拍的还不错哦。"看着朋友的笑脸，我心情一下子变得轻松起来。

其实初冬早已把思念的童话，温婉成雪花的缠绵。季节的柔情里谁又能读懂雪花的伤感？我，只想在这个冬季掬一捧雪花的温情，蕴藏流年。

秋天的音符

秋歌的第一个音符刚刚颤响，雨中已有朵朵落花、片片秋叶离开了树枝。透过透明的雨伞，我看到它们飘飘摇摇，在空中旋舞着。一瓣又一瓣，如蝶的落花舞成秋雨中最美的风景。它们是在留恋着夏末的灿烂，还是挥手别离融入秋的怀抱？

看着雨水伴着落花从我脚边流过，我仿佛又看到了儿时的自己——那个撑着大雨伞，扎着羊角辫，穿着红雨鞋走在雨中寻梦的小女孩……

怀着这样的心情，在这个深爱的季节里情不自禁再次走进你，周围的世界变得空灵又迷离。空气中静静地散发着泥土的潮香，伴随而来的轻轻凉意让心中漾起了几分欣喜，还有几多迷惑。

原来这个世界可以如此的安逸美好。

原来爱上秋天不仅仅是因为它的诗意与浪漫。

原来即使知道幸福如履薄冰。心，却一直在渴望着……

秋，总是带着雨的前奏，洗净夏末暑热的尘沙给大地换上梦幻的衣装。

秋，再次随着季节的风打开如烟往事的美丽，又不经意让故事卷入在这个离别的季节里。回忆，赤足蹚过你暖暖的笑语，把我留在潇潇细雨里……

在这个夏末秋初，细细的雨飘湿了树叶，飘湿了落花、飘湿了那条熟悉的路。街灯下拉长的背影悄悄把心事写满，独立成一处凄清的风景。良久的驻足等待，又有谁知道我在期盼着什么？风从双肩掠过，人来人往、花开花落，走远的你的背影，留下的是一往情深。

一雨成秋，带来了淡淡的清新、淡淡的哀愁，还有那走不出秋的情节。留下凋零的花瓣和一秋的寂寞与荒漠。我走进了秋天的深处，你站在了季节之外。

七月的雨

七月的雨，肆无忌惮地下着。这样的日子里季节的风一不小心就打湿了情绪，打湿了记忆。过往，就好像路边那些被风雨吹折的花，虽然夭折看起来却依然芬芳，只是一样的花香却会带给人淡淡的忧伤。

一整夜，雷电交加。我蜷缩在窗前的秋千里，让心，随着夜雨去流浪。我以为这样就可以不去想你，可是，思念在雨夜泛滥，泪水拒绝了伪装。我听到自己无力的叹息重重地落地，发出破碎的声音。

在多少流逝的年华里才明白，再见的声音，永远跟不上离别的脚步。把自己低入尘埃，不是为了衬托转身后的潇洒，而是为了触摸岁月的安暖。我望着远方，瞪大眼睛控制着要流出的泪水。提笔入目，往事沉浮。落花满阶，殇满地，谁解香如故?

走过一个又一个离别的路口，我用瘦笔写下流年的繁华，也只不过是想把你定格在我四季轮回的流年里。轻轻地攥一缕岁月的光阴，仿佛还可以清晰地看到我们踏过的痕迹，沉积年久的惆怅里却发现，我们之间渐渐拉远的距离，变成了我爱你唯一的方式。

雨夜，让我的悲伤，找不到一个泊岸的港湾。雨夜，让心事无拘无束地蔓延。让心漫过季节的额头，让落寞在岁月的年轮中渐次厚重。

心底含蓄的渴望一直在蔓延，那种压抑的悲伤让人无法呼吸。我努力地拼凑着昨日的记忆，却发现我是独自一人在无助的海里漂流。看不到岸边，不敢有祈望。那一眼回眸，仿若路灯下的影子，惟余一抹苍凉。

天暗了，路灯亮起来。路上的积水溅起了水花，在灯光下晶莹剔透。年华渐行渐远，心房的倒影依旧深深浅浅，那些融入生命的疏离，就好像枕边冰冷的郁结，踏着一地沧桑，纠缠着一纸流年。

今夜，一帘碎碎念，又穿越经年。眸光里的缱绻，呼吸里的牵绊，在一方城池，守一方温暖。遥远的你，是否也听到，那首熟悉的歌还在反复吟唱，唱的只是一个遥远的爱情故事，却让季节恣意飘散着薄凉。

如果你抬头我是烟火
为你闪烁过而后散落
你看到过什么又寻找着什么
我燃烧自己化在你眼里
如果我睡了你是炉火
曾经温暖我每个角落
我等待着什么又拥有过什么
你在将自己放在我心底
要勇敢却怀疑
命运把爱情带到哪里
在惶恐后抱紧

埋在你的肩膀里哭泣

让我爱你

倚着往事的梦境，走在回忆的长廊。我们就像云在遥远的天涯飘荡，山在远远的海角祈望，彼此就这样天各一方。可不知道为什么？看你时很远，想你时很近。看你时平静，想你时心慌。

就这样捧一杯淡淡的丁香茶，它缓缓对我舒绽整个雨季的清芬，又含着淡淡的愁绪。低眉间，已牵起我的手带我轻轻地走在记忆长长的雨巷，不问我愿不愿意。

就在那个路口，我们曾经相遇。当你再次撑着雨伞走在雨中，我已犹如你手中雨伞上滴落的雨珠悄悄地滑落，走得无声无息。就让我把秘密留在心底，祝福别在了你的衣角，请许我带走那些曾经快乐的日子，想你的时候还可以拥抱。

雨季来了，我们走在陌生的城市里，像漫天细雨中的一滴，随风飘荡。

雨季来了，往事依然犹如一只放飞的风筝在风中、雨中轻轻颤动。

雨季来了，你往昔的笑容依旧会荡去我的孤寂。

雨季来了，我只想坐进一朵花里静静聆听，岁月的回响。

站在初夏的驿站里虔诚地守着一个美丽的梦。当眼泪落下，碎了。我平静的心湖，一下子折皱了。我的爱，你在哪里？

你听。夜说：因为寂寞所以无语。

你听。风说：因为寂寞所以拥抱。

原来回忆也会像一叶远航的小船找不到停靠的岸边。遇见，分离，在红尘中轮番上演着悲欢。

翻开封面就是我

故事里开着鲜花，故事里下着细雨，同样是在春天里，有欢笑也有泪滴。

落霞伴着夕阳，观红尘如黛，揽四季清风。是谁的手轻弹让季节在眼睛里盛满了深深的歉意？

散开长发，如同落寞，让眼睛飞越长空。让飘舞的裙摆歌唱，让我的文字跟随着小溪，一直到深邃无垠的大海。让我的文字成为心灵的窗口，化作你视力的延伸。让你看到我的面容，也看到我的内心；看到我的过去，也看到我的现在；看到我的欢乐，也看到我的忧伤。

听，听音乐缓缓响起。是谁在为通俗和高雅牵线搭桥？又是谁在说，灵魂的美丽，在于情有所依？

今夜写下几行骈文骊句，洒在三月的春风里。诉一段清幽、清雅与禅，把世间瞬息万变清浅。阅一卷诗书，丰盈淡雅人生，在浮世的清欢里浅释岁月感悟流年。千般经历，万般寻找，时光散尽，遗落在你身边的书籍，翻开封面就是我。

梦回故乡

梦里，奶奶还坐在窗前，带着老花镜一针一针地绣花。那些图案在她的手下栩栩如生，连窗前桌上的杜鹃花都暗叹不如低下了头。

梦里，沿着我思念的经纬，走进了心灵的深深处。沿着那条熟悉的小路走到家门口，只是不见奶奶的身影。

我从梦中醒来，眼泪浸湿了枕头。

在这个飘雨的夜晚，记忆如折扇般轻轻打开，梳理我游弋往事中的思绪。仿佛又看到奶奶站在故乡的门前，挥着手，含着泪。明明在眼底看到不舍，却还微笑着对我说："去吧，照顾好自己。奶奶等你回家……"

转过身故作潇洒，想说声"奶奶您回去吧"，却已泣不成声。眼泪在风中纷飞，如断了线的珠子，滴落在沉重的脚下。

今夜，远处的街灯就好像花儿开放在那一幅夜天里，今夜，有一串足音就好像鼓点叩击那一个遗憾的情节。黑暗中我仿佛又看到奶奶慈祥的笑脸，而那丝丝白发却飘逝在好久好久以前……

融融的灯光下，洁白的素笺是一叶远航的小船，只是我不知道它会不会在今夜带着我的思念和牵挂，遗憾和心疼送到天堂您的身边。

往事如昨，我仿佛又看到我向往已久的心灵纯美的孤独和记忆里那个清纯的女孩。沿着忧伤的痕迹，梦回故乡，寻您在故事的情节里。

如梦的脚步，就这样牵着歌唱的衣裙，迈着夜色里轻盈的步子，走在回家的路上，或寻觅或遗忘。

那些光阴流过之后的痕迹啊，那么清凌而灼深。我沿着那条熟悉的小路，独自走过寂寞的流沙，伸出双手，在流淌的风里。却无力握住一些破碎的心愿。

奶奶，今夜，我好想您！

就让我在思念中伴着风雨入梦，希望今夜过后太阳升起之时，我不再为昨天而忧伤。

雪思

站在阳台，远远望去，只有黑白两色的世界。

还没有来得及干枯的树叶，也被厚厚的落雪盖上了棉被。这突如其来的大雪让绿绿的树叶皱起了眉头，那种无奈依然被压在了心底。不情愿地穿上了厚厚的棉衣。

雪，在窗外沉默地落地。好像一位裙裾洁白的女子，在柳絮飘飞中时而缓缓行走，时而翩翩起舞。远也是她、近也是她。笑也是她，泪也是她。没有珠弹玉落，没有曲水流歌。没有墨叶轻舞，没有电光雷鸣。没有落雨时敲窗叩帘的情致。更没有雾的朦胧和霜的清艳。可在心底我却一直深爱着她这样洒脱的美丽。

还有过谁像我一样在子夜中这样用心倾听过茫茫大雪的声音呢?

白雪很快便覆盖了一切。好像一个不真实的童话世界。

我终于忍不住站起来，穿上大衣。拿起那条红色的围巾迫不及待地走了出去。下雪的天并不冷，空气里清冽的感觉如同刚刚从冰箱里取来的雪碧。路边的树白中透着微绿，远处游泳馆的顶尖，白色的线条明快得让人感动。路上很静，静得可以听到自己的呼吸和心跳。仿佛这整个世界只属于我。

我在雪地上踩着图案，像个孩子一般贪玩。鞋底与疏松的雪层摩擦发出轻柔沙沙声，驱散了那些陪我一起出门的无奈和叹息。我把她想象成是落雪在轻唱，是她拥抱大地的欢愉。

望着飞扬的雪不知道为什么思绪又回到了童年，想起那些遥远的故事。在回忆中叹息，在回忆中感动，在回忆中找到自己。嫣然回首，仿佛还可以看到自己深深浅浅的脚印。所有的一切都与眼前柔和安宁交错重叠在一起，心中渐渐升起一种安静明澈的感觉。

“世间的美好多过悲哀”，我笑着自己说。所以不管命运一时有多刻薄，一定要相信在路的尽头还可以看到美好。

悄悄地给自己的心情涂上颜色，像这条红色的围巾一样醒目，让我在明丽的日子里还可以想到以后也许还会出现的腥风苦雨。悄悄地给自己的心情涂上颜色，让我在失落的时候还可以有勇气迈出下一步。

沿着来时的路往回走，来时的脚印已开始变得模糊。雪，一直在下。铺天盖地。我伸出双手把她捧在手心里，毛茸茸的白，就好像白兔的皮毛。把她接落在手中，一片片，真美。可是它们不久就一点点在我手心融化，晶莹剔透，散开、滴落。这是告别天空时不舍的眼泪吗？

雪给我孤单，却不寂寞。雪，给我回忆，却走出伤感。

听雪需要有心人！

你听她在说：心情不是一根单一的线，也不是吉他上的弦，它是一根经过千百双手揉搓过的绳。这根绳粗粗细细一直延伸，不只是光光滑滑，有的地方也会疙疙瘩瘩，这就是心情，也是人生。

走过小桥，路过那片小树林时，听到“咯”的一声，回头望去是落雪压断了枯枝。我可以理解成是新生命向旧生命的挑战吗？还是快乐把悲伤带走？

想念您

持一份淡然期许，邂逅一场如约而至的爱情。走过万水千山，才懂得，唯有那种穿越灵魂，幽幽而来的尘缘，才能刻骨铭心。

站在岁月的端口，你我就像一缕风，一阵雨，来也匆匆，去也匆匆。唯有那份爱的交融永恒在我们生命的时空。在每一个想念你的夜晚，牵出了幻想的金网，又悄悄撒向记忆的海洋。

或许有那么一天，远方的梦对你来说更加遥远；或许有那么一天，遥远的梦对你来说不再感到香甜；不知那时的你是否还会记得无数个日子里的那一天。一方芳草茵茵的草地，夏风轻弹过我们的足音，老旧的屋檐下，藏着我们低低的耳语。我们在喧嚣中寻找一份清喜，我们在灵魂相通里坚守着一份爱情。

自此，那个九月的故事穿行在记忆的埂上，星星的呓语里充满了美丽的回忆。纵使你我相隔千万里，你依然是我爱的唯一。于是，我笔下所有的文字，写来写去都变成了同样的一个标题——想念您！

数不清有多少个这样静静的夜晚，我悄悄踩着我们曾经重叠过的草尖的晶莹，去遥远的地方寻觅那段美丽的动人故事。纵然星星无意中遥远了许多痴情，你清晰的影子依然时时牵动着我瘦弱的思绪。就这样吧，让我们把搁浅的尘事，安静在光阴里暂不触及。生活，不经意带走了很多欢喜，也带来许多出其不意。走过时光的画卷，刻下永远的痕迹，将葱茏的彷徨坦然安放在岁月里。只祈，清风知音，日月会意。

就让那颗超载的心，也留有一份余白，留给你我走过的点点滴滴。

好想告诉你，在您的眼里我真的不想再有秘密，想念您！我把无悔的心情默默地燃成一盏不灭的灯，希望它照亮您的黑夜，也捎去我的一片深情！

心语

轻轻泛舟文字的海洋，夜风中，任背影在长长的街灯下拉弯了我的心弦，拉长了别离的思绪。笔尖堆起缕缕深情，落满了矜持的眷恋，踏碎了一地相思。宁谧里，循着墨香，倾尽灵魂的全部，写一笔直抵心灵的清音。

微风轻卷，在年华老去的岁月里，文字飘落的音符，已旖旎成一朵花的馨香，在岁月里静静绽放。

你说，明天你就要远行，不会再陪我去看窗外的风景。

你说，没有我的日子春天都会向秋一样萧瑟，黑夜会变得更漫长。

你说，以后的日子里要学会好好照顾自己，相隔的遥远，心的距离却会更亲密。

你说，风起的日子你会想起长发飘洒的我，每一丝风里都会寄满你捎带给我的心语。

披着寂寞的外衣，执着深情的心灵。曾淡淡地道一声珍重，对自己说：缠绵不要。然而，只是一挥手，无数真情负于相思便在无痕中撒满了心的旅程。

就让我默念你的名字望夜吧，好吗？让我把所有的祝福撒向夜空。让我扯一缕清冷的月亮，点燃热切的呼唤，让我悠悠的思念飞过天涯，走向你。让心境安然，让爱升华，愿流年不负初心。

你知道吗？在孤独的日子里，周围的灯光就像是疯人的眼睛，让我的心躲在角落里哭泣。背影里的回眸，掩饰不住含泪的幸福，牵挂穿越心灵，温润了思念。

这是怎样的一种情感？让流年安暖，许岁月清浅。这是怎样的一种眷恋？温润记忆，沁染华年。

微风起，夜未央，在水的一方，期待着一片云飘来，带来你的消息，也捎去我的心语。

我是一只幸福鸟

当我们在茫茫的人海里相遇，做了彼此心的听众，当我们偶尔一起愉悦畅谈，又一起看月亮渐渐隐去，太阳缓缓升起。当我和你同样认为，我们之间将会有故事要发生，当我清楚地感觉这细细长长的电话线已经承受不起这情感的负荷，当晶莹的水流默默地漫过我的身心，我已不知不觉淌在了对你的牵挂里。

八月，荷香清远，季节安然。我在光阴的水湄，静待秋色将枫林染遍。穿过弱水三千，隔着山高水远，一声懂得，便是生命中最好的遇见。那些深藏在心底褶褶皱皱的牵念，绽放在岁月的枝头，一如我淡淡的笑颜。

今夜，繁星睡在夜空，你在时光的对岸。所有回眸，牵住繁华忧伤，拥抱着一种隔世的温暖。我就这样渐渐睡去，一种眷恋，飞越千山万水，温润了岁月容颜。

梦里，我梦见自己变成了一只幸福的鸟，不知疲倦、带着真诚在你的天空飞翔。是你把我受伤的心放飞在你绿茵茵、暖洋洋的草地上。冰冷的心一点一点融化了，让我可以用全部生命去歌唱。

“就在枝头上停歇吧，在绿色温暖的草地上睡去。在这里你不用担惊受怕。”

“但愿我的翅膀，可以给你男儿一些力量。温柔着岁月，安暖着坚强。”我们就这样用真诚的目光默默地对话，用载负着渴盼和希冀的灵魂对话。

于是，我真的心甘情愿永远、永远地驻入你流浪的相思和依恋里。

于是，我那漂泊了很久的心，终于找到了可以停泊的港湾。

我知道在你的天空里，在你的草地上，有我今生今世的眷恋，还有我来世的期待。

我是一只幸福的鸟，多少日夜的殷盼，已慢慢轮回成不变的誓言。一个回眸，在意念里与你重逢，一抹懂得，让生命在灵犀里与共。这一年，以相逢为笺，思念为笔，诉说着情的久远，被岁月卸去曾经的执着，轻捻岁月的温柔，爱染流年，共赴安暖。

淡紫色的回忆——成熟的囚徒

三月里的风柔柔扬起了我的长发，一朵朵淡紫色的芬芳在风中悄悄绽开，默默无语。斟一盏岁月沉淀的芳香，细听时光的呓语。尘世烟火慢慢沉寂；指尖浮华逐渐消散，你的样子又轻轻地在我的心里摇曳，如烟似梦的记忆潮湿了我的情绪……

悄悄地用手托住滴落的眼泪，如同要托住一个温馨而圆圆的梦。虽然这个梦早已变成了残缺的现实，可这个梦却在我的心中有始无终，像曾经的伤口，看不到未来，却挡不住思念。这缘分注定了让我们追逐的永远是对方的背影，留给对方的永远是自己的背影……

光阴的一隅，将心事寄予岁月的掌心，在一纸文字里寻寻觅觅写下青涩的诗行。那一程山水，一程相依，只是不愿被时光遗忘。

理一理吹乱了的长发，就像要理清那纷乱的思绪。徒劳擦干纷飞的眼泪，才发现自己走进了一个绵绵的雨季！

“不要再去想他！”我一次次告诉自己。

可昨日就好像是一把挂在墙上的七弦琴，隐隐有风掠过，就会有琴声响起。

可昨日就像挂了锁的小屋，点点记忆虽然被囚禁在里面，却始终有一条无形的通道和一个熟悉的背影，从这里延伸，悄悄地伸向梦里。

就这样吧，许我用手心里的柔情，把昨天的记忆镌刻成一段缱绻凄美的画面。

我不再挣扎，情愿做一个成熟的囚徒。不在乎时间的推敲，也不想知道何时才会将我从牢笼里放出。幻想有一天自己可以化作一尊美的雕塑，不必举手投足，然而却尽已向你倾诉！

爱的感悟

纸墨飞花，无须喧哗。任身边千帆过尽，而我只守这半寸光阴。这眼前的明媚，便是我此生最大的安稳。

——题记

很多时候，走着走着我们就违背了初衷，在年月深长的路上，被生活的荆棘磨砺得靠不了岸，迷失了方向。忘记了那个烟火深处等你归来的人，而那个人也渐渐习惯了孤单。

小院深处，柔和的光线，缓缓滑落在我的眉心，锁了温软暖阁。茶香清扬，漫过心房，粗茶淡饭捂暖了流年的光阴。这慢下来的时光里，以慵懒，煮一味独享的清欢。就这样在一草一木里诠释生活的悲喜，安放烟月的故事，生活简简单单，让牵念落字为安。

曾几何时，爱一个人在我的心里，就是冰箱里为他留一块蛋糕，一盏灯下，等待他的归来。一份陪伴，几多温暖。

曾几何时，爱一个人在我的心里，就是在寒冷的夜里不断往他的杯子里添满刚沸的热水。因为懂得，所以理解；因为相惜，所以包容。

因为爱一个人就不免希望自己更完美，希望自己被记得，即使是在繁花凋谢的残冬，仍然希望有一个人沉如历史典册的瞳仁可以见证自己的华彩。

因为爱一个人就会不厌其烦地问一些或回答一些傻傻的问题，虽然有时自己也感觉可笑。

爱，会让有主见的自己变得犹豫不决。因为爱他，所以在不知不觉中看出真正的他不过是一个孩子。无条件疼了他，宠了他。因为爱他，所以喜欢静静地听他讲儿时的故事，喜欢听他讲有几次大难不死，听他如何淘气惹厌。因为爱他，就忍不住替他记住了许多的往事，甚至包括他的初恋。因为爱，就不免生出共同的、霸占的欲望。想认识他的朋友，想知道他的梦想。想牵起他的手融化流年的风霜，驱走内心的孤寂。

多少人间烟火，在细细碎碎的时光里静静氤氲；多少沧桑坎坷，在身手相牵的岁月里远去。想了这么多，忽然感觉自己原来也这样的俗气。在岁月里种下深情与清欢，一边诗意，一边烟火，低眉草木，浅笑安然。到生命的最后还是想让所爱的那个人的名字在临终之际成为双唇间最后的音乐。

好想好好爱你，就像那首歌里唱的那样。想和你终夜守在一盏灯旁，听退潮再涨潮，看淡紫色的天空越来越明亮，在知足感恩和渴切不足中细细体会一条心河的韵律，并且一同去写一篇叫“爱情的故事”的文章。

张爱玲说：我一直在寻找一种感觉，那种在寒冷的日子里，牵起一双温暖的手，踏实向前走的感觉。我，又何尝不是？我只想在平平淡淡的日子里陪你一起慢慢变老，握着一路相随的暖意，在一碗粥的清淡中感受生活的浪漫和诗意。我只想牵你的手在柴米油盐中诠释执子之手，与子偕老的永恒。

纸墨飞花，无须喧哗。任身边千帆过尽，而我只守这半寸光阴。这眼前的明媚，便是我此生最大的安稳。

我们的爱

在遇到你之前，在你融进我的生命之前，我曾很多次想象过你的样子。于是，我常常跟着想象被那叶轻巧的舟舸载着，泅渡到暖暖的沙洲。在那片只属于我的天地，在充满知足的宁静里，快乐地编织着下一秒的童话。让微笑和诗意撒满蔚蓝的天宇。

直到遇见你。心海没有了往日的宁静，常青藤一样的思念伸向远方。那些日夜的牵挂是幸福也是苦涩，那些所有给我的信件和文字被我读得支离破碎。相聚、分别、泪水、欢笑，悄悄地你的身影已扎根在我的心里。我知道你的心就如清澈的小溪，缓缓地流蕴藏着无限的歌，好像在讲述着人生每一步的故事。善良的你总是把一切写进自己的微笑里，我读懂了，你是想把全世界的幸福和快乐都给我。透过微笑，你忧郁的眼神让我永远都不能忘记，你似乎心里总在等一个故事的结局。染了一身透明的忧伤，素洁的诗意。

若无相欠，怎会相见。佛说，每一次小小的姻缘都是历经亿万年流浪生死的一回照面。我相信了。无论遇见谁，他都是生命中该出现的人。

在过往里穿行，拼凑着自己的记忆。百合花的故事、邮寄的爱情……点点滴滴的感动让思念的苦痛悄悄凝集在迷离的夜里。这是怎样的情缘？让我笔下的忧郁这样饱满，相思这样缠绵。

声声唤语滑落在了我看不见的夜空里，在没有月亮的夜里，我默默用两只手掌围成一个小小的谷，承接你的温柔。心底的那份真淳，会在每次回首的时刻，幽幽地浮上来，在爱的世界里重温那首暖暖的歌。你可知道，我在等你！等你一起历遍途经的风景，等你一起阅尽人生的四季。

与夜相依，问风可带来你的消息？

真的好想你。

亲爱的，秋意已浓，炊烟升起，我在等你带我到秋意最深的地方：种菊花、踏落叶、荡秋千、看夕阳……

献给你和我

我相信有一种东西是可以永恒的——我们的爱情！那种比钻石还要坚硬，比草戒还要朴实的爱情，让我心甘情愿为此付出一切。

——题记

沿着纷乱的紫色藤蔓，忆你在今夜……

月华如水，朦胧如诗，染白了思念。在这个转瞬即逝的夜晚我用非永久的栈道，通向永久的感动和幸福。今夜，在素墨淡笺里与你相约，当那些泛黄的纸张，拈在手里的故事，一层一层被打开，回忆就好像一段童话，温柔地依偎着我。

落笔抒一纸缘香，在岁月的光影里，暖一场笔墨心房。浅念执怀，许人生如许，温婉；许过往盛放，安然。浅浅的笔墨已在心底蔓延，如诗的深情，穿越字里行间。忽然间不知道该怎样把思念的欲望扎紧，触动了灵魂的暗香，每一笔都优雅着馨香，每一字都阑珊着相见。

在遇见你之前，我一直渴望我遇到的爱不是那种缠绵不已的爱，也不需要热情如火。只是回眸间会怦然心动、久久回味的一个动作、一个眼神或者一段历程。那种时刻萦绕在心间，让人不再孤独、茫然的幸福体验。寻寻觅觅，我以为这只是今生的一个梦，可你，给了我。你对爱的执着让我懂得；生活就像一列火车，在没有到达终点前，就不该放弃希望，就不该放弃未来。幸福属于每一个人，只是有人放弃，有人争取。

遇到你之后，没有想到结果会是这样。总以为你的天空和我的天空不一样，就好像风来云走，擦肩而过。细细数着那些相聚、分别、南下、北上的日子，翻看着那厚厚的几本记录着我们爱情开始的文字，忍不住会落泪、心疼。一纸书笺，蘸满了初见的欢喜。在那些想见却不能的日子里，饱尝着魂牵梦萦的滋味。恨不能冲破空间的阻隔，盼望早日结束牛郎织女，银河相隔的日子。

时间过得真快，不经意间六年过去了。

又是一个七夕夜，小熊你在想什么？会不会也和我一样想起了从前，就好像走在岁月里听一首千年前熟悉的歌。在美妙的音符里感觉那双纤纤素手在纷繁的心弦中翻飞如舞，旖旎着静夜的孤寂，清浅岁月，唯美了美好年华。

夜风叩响了我刚挂起的珠帘，携着婉转的旋律在洒满宁静的屋中缓缓地流淌。温柔的灯光下，它们一闪一闪，就好像我藏在心底那些点点滴滴的感动。这份感动不止一次地把我带入相思的季节，在心潮的沙滩上留下甜蜜幸福的脚印。那些温暖的记忆，已沉淀成心底最柔软的思念，在细暖的心间流淌蔓延。

我相信了我们的故事是上天刻意的安排，是命运注定经过了那么多坎坷才让我们在一起。所以我们该更懂得去珍惜。我们握不住时间的手，却可以把握属于我们每一天的幸福。我祈望，有我的日子里你是快乐的。我祈望，我的柔情会在你疲惫的瞬间不经意飘入你的心房，融着淡淡的美静静升华你的思绪，温暖你的心田。我愿意和你牵手一起去写下爱情的千古绝唱。

东方的夜色淡淡地单薄起来，欢唱的星星渐渐隐去。感谢这个七夕的夜晚给了我那么多时间去回忆、去想你。我仿佛又听到你在我耳边轻语，“说真的，第一次看见你的时候，就知道你是我要的女人。点，我这一生最大的愿望就是能跟你牵手一辈子”。

小熊，我希望直到我离开这个世界的那一天，你都不会为你曾说的这句话而后悔。感谢你的执着让我做了你的傻孩子、做了你的妻，感谢你给我的包容和关爱。这一生我都会好好珍惜。相信在每一个平淡的日子里我们一定会同舟共济、相濡以沫。

奶奶，您在天堂还好吗

奶奶走的时侯很安详,并没有太多的痛苦。睡下了就没有再醒。

我是从电话里得知奶奶去世的消息，我没有哭出声，眼泪却如断了线的珠子。心里的那种难过、心疼让我窒息。

清明，又是满山野花开放的时候，这是奶奶走的第三个清明了，我好想奶奶。

坐在机器旁，眼前出现的是那张慈祥的脸，她走得太突然，让我觉得那么不真实。虽然这些年内心深处从未间断过对奶奶的思念，却从不敢为这样的思念写下一篇文字。

清晨，一觉醒来，发觉两眼已近湿润，枕边也布满了泪痕。这才记起，清明了。

昨晚的梦中又见到了奶奶。

每一年的清明，心底的深处都是一份无言的空荡。微风吹过，我依稀可以看到奶奶慈祥的笑容。带上奶奶生前最喜欢的花，我要去看看她。

天上人间有多远？也只不过是心心的牵念。

生命的存在是脆弱的，但生命的意义却因人们的怀念而存在着，我总觉得奶奶没有走，因为她的爱还在，我们的爱还在。

有过多少次午夜梦回，她用慈爱的目光无语地凝望着我。

我心疼、无奈，却只能看着我最爱的人一步步从我身边远去。我心疼、无奈，在最后的日子里没有守在奶奶的身边。有一种伤痛是无法说清的，有一种亲情是可以延续很远很远的……

我知道奶奶始终不放心的是一手拉扯大的孙女，可我却一直像个长不大的孩子让她操心。成长的滋味，在生死离别的那一刻才开始品尝，但是却是以生命为代价。

奶奶，您在天堂还好吗？

看着随风飞舞的纸钱，我不知道在天堂的奶奶是否真的能收到这些纸钱。一份寄托，只能给风给云给天空，随着它们飘远，怀着这样无奈的心情感受着亲人之间相通的思念。

奶奶，您听到了我在轻轻对您诉说吗，您知道我的思念吗，为什么您不能给我一个报答慈恩的机会？难道您忘记了和我的约定？您虽然离开了我，可是在我的心中，您从未走远。不知您是否已经和早走您几年的爷爷相聚，是不是不会再孤单。

看着那块同样在回望我的墓碑，期盼着等待了很久很久，却没有回应。一生中的这段慈爱就这样告别了，心疼的滋味没有人可以体会。我把我的爱、我的心留在了这里。我知道不管前面的路有多难，我还得走下去。生命原本不只属于我自己。一生中曾经拥有的爱，都是不能忘怀的永恒。

默默献上一炷香，袅袅升起的青烟在微风中将我轻轻拥抱。不知不觉一阵幻觉向我拢来，依稀仿佛又回到了儿时。扎着羊角辫的我乖乖依在奶奶的身边，看着奶奶在窗前绣花、剪窗纸……

风停了，怕吹醒我的梦。

风停了，怜惜我的心疼。

夕阳里，我看到眼泪落地、入土。

夕阳里，我看到自己落寞的影子斜斜地映在地上。

到该走的时候了……

我最爱的亲人，再见了。明年的清明我一定回来看您。

越单纯越幸福

夜风飘过长发，吹醒了沉睡的思绪。眼泪滑过脸颊，跌落在纷乱的记忆里。隔着红尘，心灵与时光对白，在交错的光影里，倒映着缱绻年华。

岁月筛选着尘沙，我们滤清着记忆，翻开与这个季节有关的诗篇，每一个文字都这样艰难地逃避着回忆。不见来路的痕迹，有谁懂得那深情的演绎？绵绵细雨轻染菊香，跨过岁月的门楣，挥笔扬墨锁情长。

今夜，风卷着落花旋舞在我的窗前，秋雨和落叶的缠绵把凄美演绎得淋漓尽致，染湿了忧郁的纸张。是心的拒绝还是键盘的沉默？时光涉过我忧伤文字的留白。

凌晨时分，当这首歌再次响起，仿佛又看见你默然守望在黑夜中呢喃絮语。

你说起那条回家的路
路上有开满鲜花的树
秋天里风吹花儿轻舞
阳光会碎落成一面湖
陌生的城市让人想哭
又一次爱情已经辜负

能不能把未来看清楚

寻着流星方向可不可以找到幸福

越害怕越孤单谁的付出多一点

越躲藏越相爱越怕输

越长大越怀念少年时有多勇敢

骑单车摔多痛也笑着哭

越单纯越幸福心像开满花的树

…………

在最想你的时候就这样静静地躲在秋千里，听着这些熟悉的歌曲，一遍又一遍。然后，把这些歌曲想象成是你在低低地诉说那些无眠夜里的思念。泼墨心愁，为你碾尽一池墨香。我想邀你走入我浅浅的诗行，伸出双手抚平你眉间的忧伤，用一份执着的暖，惊艳我们的时光。

于是我心甘情愿委屈自己，即使转身泪流满面。于是，我想用我的柔情给你一个温暖的家。在你疲惫的时候可以想到它……

你说，没有我就没有你的今天。是喜悦还是悲伤？

你说，我是你的宝贝，担心我会离开。是真心还是敷衍？

暗夜，一盏暖暖的茶，带着秋天的温柔，起伏着心底的忧伤。你可记得你写来满满的字，我一遍遍读得泪流满面。万千红尘诉不完绕指柔情，三千痴缠抵不过似水流年。行走在岁月里，蓦然回首才发现这些缠绵不知不觉已走出了多年。

你，一直是一个非常忧郁的人。这一点不像你在人多场合的表现。我们逃避着一些真实的话题，是怕那道防线被摧毁还是怕看不到明天？在你快乐的眼神背后我清楚看到在你心底那些忧郁的凝集，看到了你心底的脆弱，虽然我伤感，可是一直比你坚强。虽然你总说我像个孩子一样爱哭、爱做梦。可是你从不知道我比你更淡漠，更了解生命的本质。

斜依在深秋无绪的风雨里，因为那些思念的疼我忍不住深深地呼吸。当那一段痛而不言的流年打湿了我的双眸，我闭上眼睛，原来我囚禁的是自己。我犯的罪是太渴望被爱，太在乎家里有两人相依的感觉。所以我不快乐，我会难过。

是谁说过，走得最急的是最美的风景，伤得最深的是最真的感情。今夜过后，愿我们把一季别无可居的心绪，安放为尘埃落定的归宿。

触手轻捻，温暖在有你的岁月。落笔的心事，穿越千年的尘烟，在指尖舞落一世柔情。在这个特殊的日子里默默祝福当岁月走过，当可以仰起头用单纯的心看那片蓝天，我们彼此还有一张单纯的脸。

冬天里的温暖

那天我在论坛里看到星缘的留言，才知道论坛正在举办“我的编织故事”征文比赛，说心里话，心动过，可是没有想到自己会在短短的两天里决定参加这个比赛。

这些天一直在医院陪护家人，太累。那些生死离别、无微不至、惜惜相伴，让我更多、更深地体会到在这个世界上更重要、更应该珍惜的东西。在不长不短的一生里，我们要走过多少，经历多少，才能坦然释怀，才能以诚相待？年华静处总会有一缕旧时光，看一树花开，等一片云来。

我来了，参加“我的编织故事”征文比赛。不是为了获奖，只是为了在这里结识更多的姐妹，分享编织的快乐和忧伤，也是重温一遍过往的那些感动。

说真的，我还真不记得自己是从什么时候学会编织的。

奶奶在世的时候，是出了名的巧手，手工活儿样样好，而且每次参赛都会获奖。她没有读过书，更看不懂裁剪、编织的书籍，所有的作品都是由心而生，也就是我们现在所说的原创。多年后闭上眼睛能想到的画面就是奶奶慈祥、安静地坐在灯下飞针走线为我缝制漂亮的衣裳，做可爱的绣花鞋，编织漂亮的毛衣外套。穿上它们是一件多么愉快、幸福的事情啊，儿时的我几乎就是这样在小伙伴们羡慕的视线里和赞美声中长大。

耳闻目染。也许就是因为从小受到奶奶的影响，我对手工情有独钟。绣花、裁剪、缝纫、编织、绘画、写作，这些曾是我童年的全部，以至，到后来也就成了习惯，成了我生活中不可缺少的一部分。

我的编织作品渐渐多了起来，并且和裁剪服装结合在一起。是遇到了小熊之后……

那时他在上海交大读书。

有一个假期他几乎是每天看着我给他编织起许多年后他唯一的一件毛衣。当毛衣完工时，他迫不及待地试穿，看着他满足又幽默的样子，我由衷地笑了。说他像一只可爱的小熊，自此这就成了他的昵称。

那个夏季在他的眼底我就已经看到他对秋天的期待。

也是因为我的这些编织作品，他也深深地爱上了手工编的毛衣外套。不可思议的是他好像重复着我儿时的影子，在同学、朋友、老师、同事的赞叹和羡慕声中，露出幸福、满足的微笑。而我也快乐着他的快乐，情不自禁地会把我编织的喜悦和他穿上它们时的幸福、满足融在一起。

小针细线情谊深，那些年我们就这样天各一方地度过。我用思念和牵挂为他编织着爱的衣裳。它们也让他感觉到冬天里的温暖。

后来衣橱的毛衣多得放不下，他却依然固执地保存着十多年来的每一件毛衣不舍得丢弃。毛线不知买了多少，我的作品也总是一件接一件不停地编织、完工。

他贪恋着在秋冬季里展示着他的这些宝贝，而我也把他的这种爱好当成了自己的第二职业。

于是，我们的故事里每一个秋天都因为这些毛衣在期盼中姗姗而来，每一个冬季因为这些毛衣而温暖。他曾说过：穿上这些我编织的毛衣，离家再远也感觉我在他的身边……

如今再想起这些话，依然温暖，如在昨天，却已是多年以前。

我终究还是爱你的

习惯了在每一个月华如水的夜晚，沏一杯清茶，在袅袅的茶香里将思绪慢慢点燃。铺一纸素笺，剪一缕月光入画。伴着花香淡淡地涂抹，那一场花开倾城的遇见。

我终究还是爱你的。

茫茫的人海中，不是每一个相逢的人都有缘相聚，也不是每一个有缘相遇的人都能走进彼此的心田。爱，从来就是一件千回百转的事，拒绝心的感受，就是否定生命的存在。

佛说：前世的五百次回眸、才换来今生的擦肩而过。我们的缘分岂止是五百次回眸？

轻倚时光门扉，欣喜着这份美好的遇见，一如在尘世行走中邂逅一朵花开的温暖。如若，光阴就这样老去，我会将这段无尘的情缘镌刻于心，在这一程隔山隔水的相逢中，结一段文字的缘。

走过风雨，途经聚散。红尘彼岸的温暖依然不悔地绽放于笔端。折叠成流年里雅致的诗行，染白了发间淡淡的惆怅。如影随形的一半明媚，一半忧伤。相信那些遇见的美好和温暖，会一直伴我们走过沧海桑田，定格初见的惊艳。

常常想起你拿着一本书把我搂在怀里读给我听的画面。你认真的样子像一个大孩子。我微笑着闭上眼睛，又忍不住偷偷地去看你。在阳光下，在静夜里，在我心里也许这就是最幸福的事情。我曾用温馨的词章，写下岁月的痕迹。对每一个生命的片段于红尘中浅喜，深爱。让时光的轻盈和生命的厚重，在浅淡的流年里相融，许清风会意白云的灵犀，在季节的枝头等待花开。

情长画卷尘世淡，岁月安好何忧伤？其实，我只是放纵了心的感受。因为爱你，就爱了你的好，你的坏，你的任性和霸道。因为爱你，就心甘情愿为你煮饭、洗衣，陪你疯，陪你笑，陪你痛。陪你一起等落日的余晖坠落我们的眼底，把爱画上完美的句号。因为爱你，放下了矜持和骄傲，人生的平平仄仄中，我只想做你背后的那个骄傲。都说聪明的女人会找一个爱自己多一些的男人。而我却傻傻地认为爱不应该有任何的附加条件，不应该计较谁爱谁更多一点，真心就好……

当指尖的温度穿过蒹葭的水湄滑过静静的岁月，回忆中写满了你给的葱茏。白落梅曾说：在这喧嚣的凡尘，我们都需要有适合自己的地方，用来安放灵魂。也许是一座安静的宅院，也许是一本无字的经书，也许是一条无津的小路，只要是自己心之所往，都是驿站。

亲爱的，终究有那么一天你会发现我们的爱曾是一缕淡淡的馨香，它会一直徘徊在我们的心头，那是我们安放灵魂的地方。

时光静好

2019年就这样悄悄地来了，年头接着年尾，什么时候开始日子已变得像流水。看着来往的人群中期盼过年的孩子们，忍不住想起当年的自己。

时光匆匆而过，流年的转角处往事已成风。当繁华落幕，惊觉之处，物是人非，时过境迁。不经意的一个转身，便抖落了一地故事。那些回眸的微笑，那些转身的别离，提醒着我们曾在彼此的时光里重叠。那些清澈的相逢，那些馨香的记忆，温暖着我，我想，它们也会温暖着你。

我们也曾在光阴中默然行走，感受那些平凡琐碎的日子包蕴的淡淡清喜。我们也曾将密密缠绵的心心念念，安放于岁月的门楣，婉约成浸润着淡淡花香的词章。如今，何必再追究谁是谁的风景？又何必一定要分清谁装饰了谁的梦？就让留下的那些被屋檐遮住的光阴，相思无处，目光倾城地诉说着过往的美好。就让那些感动你我的故事，也感动着流失的岁月。

我就这样悄悄牵着时光的衣襟，走进芬芳的春天。嗅花香，听鸟鸣。觅一处清幽，挽流年里的风来雨往。在青灯红烛的陪伴下，砚一泓雅墨，诉人生感悟，写下点点滴滴的心情故事。你可知道，有多少牵念，被你折叠在水墨的文字，忘了归期。这种温暖，是千里之外的传递，这种感情，是灵魂深处的相依。心底的那份爱没有了最初的悸动，却经得起平淡的流年。

你若一直在，我便一直爱。相信真正的缘分就是：时光不老，我们不散。

此时的我在午后阳光下的秋千上，品一杯花茶，读一本好书。拽一缕暖阳，编织爱的衣裳。终于悟到了简单的陪伴，静静的守候，便是对爱最好的报答。

时光静好，意念中的牵挂与时光有染。

如果，这一生的牵绊注定是你，那么，我愿携一份荷的清香，将柔情融入为你写好的诗行。洗尽铅华，共你一场低眉俗世的烟火人生。

流年的风就这样将分离相聚涂满了忧伤，流年的风就这样将相遇的美丽吹落成诗行。写就了一瞬间的沧海桑田，拥暖了久远的思念。让那些无法掌控的邂逅与别离，伴着一程山水一年华、一世浮生一刹那。宽了指缝瘦了时间，不经意就忘记了相遇的最初，沉淀的却是馨香的温暖。

指尖上的幸福

一缕清风，一片阳光，静静地环绕、流淌、润泽心田。闭上眼睛，我站在春天的路口幻想着下一站甜蜜温暖的幸福就在指尖。

季节的掌心里，我毫无顾忌地悄然入睡了，任梦境安放人生的边缘。

落花浅笑，别梦依依。提笔，落墨，我将岁月淡淡描摹。那些叠加的清清浅浅的思绪，今夜，又安静地于文字中绽放，在墨香中起舞，伴清风而来，缱绻成涟漪，你淡淡的微笑依然翻卷我的思绪。隔着岁月的喧嚣，岁月静好，只是时间太短。短的那么多的守望转眼已物是人非。那些舍不得，那些祈盼走过了风风雨雨，聆听了花开花落也只能放在心底。

我，在馨香的文字里独守着一份流年的清欢，摇曳着满怀岁月的安暖。相信纸上开出的花朵，不管悲喜都是时光里最美的凝聚。浅浅润笔，淡墨韵染的画卷就缓缓洇开，湿了眼眸，吟落了心语。那些爱过的痕迹，这一刻，就如暖阳散落一地，悸动了呼吸。

你听，穿过流云的风在时光的尽头叹息。叹尘缘若梦，叹情深难抵缘浅。

你看，岁月飞逝，落下一滴青色的泪珠，感知一段苍老的情已变得那么遥远。

何必再去探究无所谓还是输不起?

随缘。那些一路飘摇的烟雨，都会在文字中濡染一抹淡淡的诗意。愿，我眼中没有忧伤。祈，你的眉间也不会有半点忧郁。我们都用轻盈的脚步去丈量年华的宽度和距离。

也许我们还会在前方的某个转角再相遇，散落的故事是否还能复原最初的灵犀?低眉，执着的心不经意间还是把虔诚在明亮的黄昏里灼为深情的眷恋。其实，我们都忽略了苦苦追寻的幸福就在平淡的眼前……

剪一夕流光，守一段情缘。睫毛下流淌的思念，叩响了心弦。何必去在乎岁月犹如一纸仓促的文书，不经意间揉入尘世间太多的悲欢离合。就让初春的风把湿漉漉的情思洒进暮色，伴着星空中淡蓝的微雨，与我一同入梦。

梦里，我在春天的路口，与你相遇……

我微笑着回眸，道一声珍重。素色年华里我已学会了把悲喜的故事剪短在记忆里。任冷风吹过，笑看淡雅的忧伤轻舞着一铅华尽，冰释了沧海桑田。

那些音符飞扬的故事啊，让我的心中泛起久久的感动、释怀。何必感伤、何必记忆?忘不掉的自会留在心底。我只想好好珍惜指尖上的幸福还有岁月里的你。

素心相伴浅舒流年

其实，没有很想你，只是当夜色降临暮色把我的小屋浸染，你的名字依然会情不自禁地出现在我的心底。

朦胧而忧郁的天气，让浮躁的心渐渐平静下来。那些岁月的点滴已被摇曳的雨丝揉成了一缕缕的感动化作了晶莹的泪滴。跌跌撞撞的时光里，是谁的心忘了收回？又是谁的浅笑还在记忆里，回眸，人间，已沧海桑田。

微叹流年，半笺幽梦。任浅浅的念越过青苔葱绿的檐，皈依于清凉的诗行。我，还是喜欢浅淡的时光，在自己的城池种花耕篱，慢慢适应绚烂后的平淡。那份安静，就好像许一场倾城的梦，开至天涯，清香悠长。

清茶入心，静听风和雨的缠绵。笔随心走，平平仄仄里，便有了些许忧伤或清欢。倘若，我说，我只恋心中半盏温暖。也只愿为一人展开容颜，你可懂，这生生熨帖的喜欢？

岁月有情，光阴有序。有多少时间可以只如初见，又有多少情谊还能隔着天涯念起？就做一个叶子一样的女子吧，随风轻舞于阡陌红尘，不争，不较。携一份安静坦然，不再犹豫地穿越世间烟火。让一场繁华落幕后的宁静与安详相约最贴心的暖。

就算有一天温情远了，尘缘淡了，我们走散了，我依旧会在时光的长河里细细聆听那些岁月的呢喃。虽然，还看得见细碎的回忆还会重逢在每一个让自己泪流满面的站点，走过如风似烟颠簸的流年，重叠的思念里我已经学会了捧一轴烟湄浅笑与你，在落花满天的季节里独自把尘世的风景看遍。终于学会了在指间的光阴中浅喜、深爱，放下那些曾经谁许谁的一世欢颜，守一颗安然的心沉淀着红尘的浮华。生活给了我们很多画面，既然无法一一展开，那就学会相信，冥冥中，自有安排。

那些光阴吹皱的故事里，多年后的你是否还会记得我最初的容颜？那些相遇的美好是不是已在心底装订成永恒的画册，回忆里残留昨日的余香？

今夜，就让我用如水的眷恋，缱绻出一杯醇香的酒，经年若再相遇，对坐，小酌，让悲喜都悉数入喉。就让那些独自飞舞的心情静静地聆听时光里悄然繁衍的故事，就让最初的念，在懂得中生暖。盈一袖落花，素心相伴，浅舒流年。

匆匆那些年

当夜风中夹杂着迎春花淡淡的芬芳飘来，这个冬天已经过去了，我站在一个没有你的春天里微笑。

也终于明白了，人生有时就好像一个人走在海边，当你回头看看来时的路，才发现那些或深或浅的脚印已了无痕迹……

独倚轩窗，望苍穹星点。陌上的风，吹散了遇见，也吹散了誓言。韶华穿过似水流年，繁华深处，岁月浅浅。那些曾为你书写的清喜，已安睡在一壶清澈的茶香里。你可知道，它也曾醉过夜色，醉过诗篇?

往日曾是一副绚丽的油画，充满诗情画意，让人流连忘返。

往日曾是一把挂在墙上的七弦琴，暗夜里有风掠过，就有琴声缓缓。

往日经岁月的洗礼又好像一枚青色的橄榄，丝丝缕缕的清香飘过层层叠叠的日子垒起的绵延的山。

回头望望匆匆那些年，月白风清的夜晚，心忽然变得素雅恬淡。许一缕春色，在文字里盛开着色泽，思绪又在一杯茶香中翻成了浪花。一抹心事，在心底最柔软的角落，生根发芽。

遇见，原本就是一种美好的情愫，总会有一种充斥柔软至极的暖，为彼此幽暗的生命带来柔和的美好。它们依着生命的温暖，安静地生长。每一个相伴的日子里，碎语叮咛仿佛成了经久的习惯。

沦陷，只因一眼，追寻，恍如隔年。

匆匆那些年，将一盏茶，喝到无味；将一首歌，听到无韵；将一个人，爱到了无心。

匆匆那些年，拥一份相依的纯真，轻裹着无悔的眷恋，浓缩了爱的距离，无须渲染华丽。

今夜，光阴又停留在老门槛，生出阳光般的温暖。我们路过彼此的世界，也是一种缘。愿那些美好的记忆，经年依然会穿越岁月枝头的明媚，芬芳我所有的流年。

等你好久

今夜窗外，月华妩媚，室内，宁静安谧。柔和的灯光下我听着那些我们熟悉的歌曲，轻敲着键盘，一行行心底流淌的文字让记忆再次走进梦里和诗里。

一语轻落，眸里安暖。一眼回眸，画里缱绻。一段段长长又短短的情节，平平仄仄韵脚里感动又伤感。

蘸一笔清幽，画一幅素颜，铺开岁月的画卷，有可念的时光，有一抹如莲的眷恋，它们婉约了我深情的笔墨，浸润每一个不眠的夜晚。一份最初的宁静里，任凭那些在心里长满荒草的日子，渐已被暗夜的诗意渲染，一种穿越心灵牵念，浅浅的，淡淡的，绕心魂之巅，环眉宇间。

今夜，借一抹宋词的婉约，触摸灵魂的安然。隔着红尘纷乱，退守在字里行间。微风吹过，长发散落。季节的掌心里，我放任思绪到人生的边缘，思念只如初见。字字如蝶，馨香沁染。

就让那些曾经感动你我的故事，轻涂在不相逢的日日夜夜偶尔的回眸中。你可知。那个夏季的温柔早已编织成了往事，时光的序言上，是谁？用明媚点眉心的嫣然。我们默默地行走着，就好像往事走在回家的路上，借沧桑涂抹情长。

寻寻觅觅，碰碰撞撞，直到下一个转角我们再相遇。轻语处，时光已浸染成相思无数，那些深深浅浅的温柔，醉了季节轮回的浅喜，伴着相依的时光，安然一季轻守岁月的菩提。

一份灵魂的懂得，透着婉约的诗意。那种默契，循着光阴的脉络，走过鲜衣怒马的日子，凝望寂静岁月，温柔着心魂的聆听。

“炊烟起了，我在门口等你。夕阳下了，我在山边等你。叶子黄了，我在树下等你。月儿弯了，我在十五等你。细雨来了，我在伞下等你。流水冻了，我在河畔等你。等你好久生命累了，我在天堂等你。我们老了，我在来生等你。”

当这段文字再次落入我的眼帘，我的眼睛渐渐湿润了，你可知道，我等你好久！

人生如梦，流年似水，一个转身便是一个光阴的故事。淡尘释然；心若纤尘，当我以一朵花开的心念把你写进我生命的诗行，所有的风景在我的眼眸里已定格成美丽的永恒。唯愿，每一次遇见都是温情的相拥，每一次深情的对望都能看到最美的微笑。

浅冬，暖念

落雪，无声。

我就这样站在窗前，静静地望着远方的苍茫，想你。回忆的碎片好像雪花，飘进我的心里，飘进我忧伤的梦里。

天，渐渐暗下来。那一排街灯好像暗夜里的花，耀眼却落寞。那一串足音好像鼓点，叩击着相遇故事里的每一个情节。当温柔的灯光亮起，心中终会有一种希望在涌动，这种希望，一直牵引着我，用诗一样的情怀绽放了菩提树下一地明媚的阳光。

今夜，我又怀着这份情怀思念着远方的你！

你说你想家了，你说你怀念幸福的味道。

我哭了。

你说你想我了，可你却在拥挤的人群中松开了牵着的手，忘记了誓言。

我心疼了。

轻俏的落雪把这块天地笼的好朦胧，亦如我温馨的梦境。夜风吹来击碎的是你的柔情而不是雪的孤零，我相信，四季轮回的某一天里，你终究还会看到这些温暖的点滴。你终究不会忘记两个人的故事还有幸福的味道。而我会在每一个简单的夜晚重温那些感动，还有每一次失之交臂的遗憾。

掀开心灵深处的素笺，思念的甘露是如此清冽，悸动的心依然无法平息。可最后我还是把那最美好的字句，捏在手里，捏成了泪水，捏成了满腹的相思。陌上，我以静水深流的姿态，安然着幸福。锦瑟年华，许我，暖颜倾城。

等你好久

曾经在书中看到张爱玲这样说过："牵手是一个伤感的过程，因为牵手过后是放手"。也许这就是爱的痛。可它依然装点了岁月，完美了人生。

今夜，窗外夜色晴朗，室内，宁静安谧。柔和的灯光下我听着那些我们熟悉的歌曲，轻敲着键盘，拾一抹暖意，走过秋凉。做一个安静的女子，在文字中寻找心灵的栖息地，让那些平淡的时光像花儿一样在指尖绽放。

人生起起落落，总会有一些情怀需要收藏，总会有一段路需要一个人走。那些扯疼思绪的惦念，总会在岁月里妥贴安放。任凭那些在心里长满荒草的日子，被黄昏橘色的夕阳渲染，又在淡淡的微笑中删除，这样透明的心境，是生命脱变后的安然。

大千世界，茫茫人海，有多少人爱过你，把心给了你，你却视而不见，因为你不喜欢。有的人把你的心掏空了，在伤口上残忍地撒盐，你还假装不疼给他灿烂的笑脸。因为你爱了，这就是爱情。

微风吹过，长发散落，这一路，是多么痛心的领悟。

在季节的掌心，我茫然。却毫无顾忌地悄然入睡，放任着心

底的思绪到人生边缘。

就让那些曾经感动你我的故事，轻涂在永不相逢的日日夜夜偶尔的回眸中。在生命的静谧处回望，那份遇见的欢喜匿存在岁月里暗香疏影，盈然四溢。夏季的温柔早已编织成了往事，暗夜里，我用凌空俯瞰的心境，相拥时光深处的感动。一袭低眉，生动了流年，缱绻了微凉年生里萦绕的情怀。我们默默地行走着，就好像往事走在回家的路上。

就这样，一直到下一个路口和你再相遇，慢慢回味着尘世的烟雨。万水千山的追逐，缱绻了多少笑语嫣然？灵魂的浅遇深藏，在懂得中璀璨。遇见安暖了生命，温润了心底的沧桑。

你微笑着问我："嗨，是你吗？我等你好久。"那些悸动与渴望，明媚了这个流年。

走过世事喧嚣，我们终于在宁静中聆听到彼此内心深处的声音。我微笑问你，你还记得我们都喜欢的那段文字吗？

"一个人，一辈子最重要的事，其实就是选对身边的人——炊烟起了，我在门口等你。夕阳下了，我在山边等你。叶子黄了，我在树下等你。月儿弯了，我在十五等你。细雨来了，我在伞下等你。流水冻了，我在河畔等你。生命累了，我在天堂等你。我们老了，我在来生等你。"你深情地朗诵着，让心浸润在这婉约的意境里。

我们笑了，像孩子一样醉在这个长长短短的故事里。

心情点点

拥衾独坐窗前看茫茫夜空，繁星点点。宝石般晶莹的星星，叩响过我平静的心弦，也勾起过我对你无尽的思念。

今夜，记忆沿着月华缓缓倾泻，挽着无声的浪漫，轻倚在秋天的门楣。吟唱着心灵相依的歌调，诉说着握在手心不愿放开的温暖。那些还未来得及诉说的风华，在流年里早已勾画成昨日的印记。光阴流年里，轮回的终点我们可不可以不说再见。

折一束记忆的光，剪一段素念的缘，十月穿过季节的手卷，执笔，画一张属于你的笑脸。那些关于我们的故事，萦绕在流动的风景里，落墨，文字中写满了想念。

流年的风轻轻吹过，噬骨的情怀倾诉着心语。我倚在盛满知足的宁静里，等风来，把那份诗意洒满蔚蓝的天宇，荡漾在我的心里，也飞扬在你的快乐里。

守一段情缘，许诺千年，睫毛下静静流淌的思念，叩响了心弦。就让秋天的风把湿漉漉的情思洒进暮色，我把咸湿的情怀独揽，写满对你的牵念。

梦里，我们沿着呼唤的风声，在堆满落花的深巷，重逢。天是蔚蓝的大海，云是雪白的礁石。梦里，小草是顶天立地的森林，而我是迷失在森林的孩子。梦里，在离我不远的地方，有一双温暖的手把我牵引。梦里，灵魂深处的来来往往，妥帖了绝美的眷恋。

多少个这样的夜里，我把无从寄托的挚情和不知疲惫的忠贞，用心刻在这些文字里。轻轻呼唤你的名字，不知远方的你是否也曾咀嚼我长长的思念和沉甸甸的深情。

折一窗月光，结成一张温暖的网，不想清浅情深的时光里有惆怅。这一路，聚散别离都是深情故事，文字中行走笔下每一次感悟，都是人生最美的修行。

后　记

这个冬天，丽江温暖的太阳让我忘记了北方寒风刺骨的感觉。一杯清茶、一本旧书、一首民谣，我坐在阳光满溢、花香依旧的小院里，看日照雪山的绝美风姿。它仿佛是一幅大型水墨画，壮观且素雅。

窗外，文笔海在阳光下波光粼粼，成群的候鸟、野鸭子懒散地在湖面上晒着太阳。时间就这样在不经意间悄悄地流逝。在这个用原始老木打造出纯净自然的庭院里，骨子里会兀自生出别样的欢喜，许多时候缱绻的尘心，就这样在皈依的柔软里，贪恋着凡尘的安宁。美好冬日里，诗意也在此生长。

十一月，从光阴的故事里走来，心底有一种叫作“安静”的情绪静静在空气里流淌。当人生的光景走过大半，过了耳听爱情的年龄，笔下的文字也像花一般的恬淡与安逸，淡淡地演绎着生命的熨帖和温暖。终于明白在这喧嚣尘世中，生活越接近平淡，内心越接近绚烂。

《素念生香》从夏末开始整理，在秋色渐浓的时候，所有的心情都已沉淀为懂得、宽容、慈悲、善良。风生水起的日子里，一抹低眉的温柔，心已悄悄地种在文字里，饮风含露，暖香匀兑。再临摹昨日的模样，没有情绪与情感的冲撞，素的时光里拥一颗平淡安暖的心，许诗意的念想似玉，触手生温。

这个季节的北方瑞雪倾城冬梦已深，丽江“遇见花开”依然叶绿花媚风动花香，《素念生香》的书稿也在此时杀青。

送走记忆里远去的山高水长，安静地坐在小院屋檐下品茶中绵韵，觅书香芳华。温暖的阳光下悠然的乐曲，飘出流年淡淡的香暖。不经意将安放在时光里的素念，随风轻轻摇进冬的怀里，化成心底浅浅的欢喜。

感谢一路上那些轻浅颔首的笑颜，给了我冬日里的温暖。感谢一路上关注、鼓励我的朋友，让我收获一分记忆的甜美。感谢云南人民出版社，给了我一个在文学领域成长的机会。感谢云南省文联原主席郑明老师、作家欧之德老师、好友张金辉老师的帮助和支持。

窗外，微风轻轻吹动着一树盛开的玉兰，美好与希望在枝头慢慢绽开。人生，总要经历才能刻骨铭心；时光，总要阅尽才能沉淀生香。那些没有结局的故事，那些留在心底的遗憾，回眸，已在一湾寂静里沉沉睡去。倾念一缕细墨，透过指尖目视锦瑟流年，在安暖不变的执着里，做一个温暖的人，让善良在心中开成柔媚的花。